Les roucasseries
1

JEAN ROUCAS

Les roucasseries - 1	*J'ai lu* 3230/**4**
Les roucasseries - 2	*J'ai lu* 3440/**4**

Jean Roucas
présente

Les roucasseries

Ginette - Jean-Loup - Eugène Poulossière -
Madame Grinder - Docteur Jacquot -
L'abbé Favier - Maurice - Bruno Tortellini -
Guytou & Jean-Xavier

Tome 1

Éditions J'ai lu

Merci à Michel Samissoff
pour sa précieuse collaboration

C'est deux mouches qui se rencontrent. Elles sont assez copines, elles habitent à peu près dans le même quartier, elles se rencontrent et décident d'aller se faire une petite bouffe.

– Ça va ? Tu as passé une bonne nuit ?

– Moi ça va, et toi, ta femme et tes gosses ?

– Oh ça va, moyen, moyen. Qu'est-ce qu'on fait, on va bouffer ensemble ?

– Si tu veux.

Et elles sortent dans la rue comme ça ; et qu'est-ce qu'elles repèrent, sur le trottoir ? Ce que Jacques Chirac appellerait une déjection canine – pour rester correct –, ce que moi je qualifierais tout simplement d'un énorme colombin. Voilà ! Les deux mouches se mettent donc autour de la déjection en question, et elles commencent à déjeuner, n'est-ce pas. Et il y a une mouche qui fait :

– Dis donc, tu connais l'histoire de la pute qui va...

Et l'autre fait :

– Je t'en prie, on est à table ! Enfin !!

☆

C'est un Parisien un peu chic, un peu... très comme ça, très snob, c'est chiééé quoi, merde !! qui est en vacances un dimanche et qui se promène.

Il aperçoit un paysan, il lui fait :

– Alors, mon brave, ça va ?

– Eh bé, bordel, comme un dimanche.

– Alors, c'est à vous, cette ferme ?

– C'est à moi, mon gars !

– C'est bien, c'est super, il fait beau, ici.

– Ben ouais...

– Et alors, c'est à vous, toutes ces vaches ?

– Eh bé...

– Et au fait, cher ami : combien ça peut donner de lait par jour, une vache ?

– Eh bien vous voyez, les vaches noires... oh, elles doivent bien donner dans les trente litres par jour. Les blanches aussi d'ailleurs.

– Et ces chèvres, là ?

– Oh, les chèvres c'est pas pareil. Vous voyez, les chèvres noires, elles doivent bien donner dans les quinze litres par jour. Les blanches aussi, d'ailleurs.

– Vous savez, moi, les blanches, les noires, je ne fais pas très bien la différence. Pourquoi vous me dites ça ?

– Bé, je vous dis cela parce que les noires, elles sont à moi.

– Ah bon, bien sûr...

– Les blanches aussi d'ailleurs.

☆

Une petite Roucasserie triste...

C'est un monsieur qui va voir le docteur Jacquot, 12, rue de l'Abbé-Achevé, et lui dit :

– Docteur, je viens vous voir parce que je ne me sens pas très bien, je ne sais pas, je me sens patraque, je suis fatigué le matin.

– Écouteeezzz ! Je vais vous examiner. Est-ce que vous mangez normalement ?

– Oui, non, je ne fais pas trop d'abus de ce côté-là, vous savez...

– Est-ce que vous ne picolez pas trop ?

– Non, non, de ce côté-là non, je bois normalement.

– Bon, très bien, est-ce que pour le tagada, enfin crac-crac, vous voyez ce que je veux dire ?

– Oh non. Non. Bof, trois fois par mois.

– Écouteeezzz ! Trois fois par mois, ce n'est même pas assez.

– Oui, mais vous savez, pour un curé de campagne, c'est déjà pas mal.

☆

C'est un Belge qui veut acheter une villa sur la Côte d'Azur. Alors il visite une villa, mais il y a la voie ferrée et la gare de Cannes juste à côté, c'est un peu gênant. Et le Belge :

– C'est bien, c'est spacieux, les toilettes sont bien équipées, une fois, mais enfin, quand même, ce bruit tout le temps c'est épouvantable, et ce train qui passe...

Et le mec lui fait :

– C'est pas grave, vous savez, effectivement c'est gênant les trois premiers jours, mais alors, après, on ne le remarque même plus.

– Bon, j'achète, mais les trois premiers jours j'irai à l'hôtel.

☆

Ginette part en vacances. Malheureusement elle s'y est prise trop tard. Elle arrive à l'hôtel : c'est complet.

– Merde, oh là là ! Je ne vais pas coucher dehors comme ça, aow !

Alors il y a le réceptionniste qui dit :

– Je ne sais pas, je ne sais pas quoi faire.

– Oh là là ! Et les autres hôtels, dans la région, vous croyez qu'il y a de la place, hein aow ?

– Non, il n'y a plus de place nulle part, ce n'est pas la peine d'aller voir, c'est complet partout. Ça tombe mal, en plus j'ai une équipe de foot qui est arrivée hier soir. Bon, écoutez, il y a deux types qui dorment, là, dans la chambre 17 ; il y a un grand lit, vous pourriez peut-être dormir au milieu d'eux, s'ils voulaient bien se pousser. Je vais leur demander.

Puis il demande aux deux mecs qui sont très très gentils.

– Mais vous rigolez ! Je ne vais pas dormir avec deux mecs ! C'est hors de question aow !

– Ne vous inquiétez pas, ce sont des gens très bien, je les connais, ce sont des footballeurs, ils ont une bonne mentalité, il ne vous arrivera rien.

– Bon, si c'est sincère, ça va pour une nuit. D'accord, aoooww !

Elle monte, et effectivement, les deux mecs dorment. Alors elle se glisse entre les deux mecs, comme ça, et finalement s'endort. Le lendemain, les deux footballeurs se réveillent – ce sont deux footballeurs italiens ; ma qué, les frères Tortellini et tout ! Ils se réveillent et :

– Ah, mamma mia, je ne comprends pas, aïe aïe aïe, alors. Ça té fait ça, toi Bruno ? Moi, j'ai une espèce de douleur, une douleur à la, la... Oh là là ! Mais ça fait mal ! Une douleur à la... j'ai la quéquette comme une aubergine.

L'autre dit :

– Ah là là ! Moi aussi ! Tu verrais, j'ai un mal dé chien !

Et alors là, il y a Ginette qui se réveille et qui fait :

– Oh là là ! J'ai passé une bonne nuit, j'ai rêvé que je faisais du ski !

☆

C'est un Belge qui va voir le docteur. Il lui dit :

– Je ne sais pas ce que j'ai, je suis patraque, je ne comprends pas, je ne me sens pas bien.

Il est chez le docteur Jacquot, bien sûr.

– Écouteeezzz !!! Je vais vous examiner !!

Le docteur l'examine et lui fait :

– Voici mon ordonnance. Tous les matins, vous vous plongerez la tête dans une poubelle et vous reviendrez me voir dans trois semaines.

– Une poubelle ? Alors ça ! Une poubelle garnie ou pas garnie ?

– Une poubelle garnie à ras bord. Oui, oui, c'est comme ça !

– Bon, d'accord.

Trois semaines après, le Belge revient voir le Dr Jacquot :

– C'est vrai, docteur, vous aviez raison. J'ai fait ce que vous m'aviez dit, tous les matins j'attendais que les éboueurs passent et je mettais la tête dans les poubelles. Je me sentais alors drôlement mieux, une fois !

Le Dr Jacquot :

– Écoutez, ça ne m'étonne pas, c'est l'air du pays.

☆

C'est l'histoire d'un petit garçon. Il était un peu grossier, vous savez. De temps en temps, il ne se surveillait pas. Il arrivait, il y avait des invités et tout ça, et devant ses parents il disait :

– Maman ! Je vais pisser un coup !

Sa mère :

– Mon chéri, écoute, il y a du monde ! Quand il y a du monde on ne dit pas ça.

Alors, finalement elle était convenue d'un code avec lui.

– Tu ne me dis pas ça, tu me dis « Maman, je vais chanter. »

Bon, il avait pris l'habitude. Il disait :

– Maman, je vais chanter !

Et puis un jour c'est sa grand-mère qui le garde. Madame Grinder. Et en pleine nuit le petit se lève, il réveille sa grand-mère et lui fait :

– Mémé, mémé !

– Qu'est-ce qu'il y a-chh..., mon petit Jérôme ?

– Mémé, j'ai envie de chanter !

– Maintenant, à cette heure-là ? Chhh...

– Mémé, j'ai envie de chanter !

–Mais tu vas réveiller ton grand-père ! Allez, vas-y, chante doucement, chhh... contre mon oreille.

☆

C'est le pape Jean-Paul II qui est malade, et donc tous les médecins sont à son chevet, les plus grands spécialistes du monde. Il y a des médecins allemands, américains, anglais. Alors l'Allemand l'ausculte et réfléchit.

– Ach, ach, ach ! Ach ! Das ist eine... Je ne trouve pas, mais qu'est-ce qu'il a ? Qu'est-ce qu'il a ? Je ne vois vraiment pas ce que ça peut être.

Le savant américain ne trouve pas non plus. Finalement on fait venir le docteur Jacquot, qui habite 12, rue de l'Abbé-Achevé, et qui lui fait :

– Écoutez !! Je vous en prie, toussez un peu, Votre Sainteté.

Alors le pape :

– Heum, heum, heum !

– Attendez, levez la jambe, les deux, voilà, c'est cela !!

Et finalement :

– Écouteeezzz ! Je crois que j'ai trouvé. Eh bien, Sa Sainteté souffre tout simplement d'une rétention articulaire de la molécule interne faciale gauche, ce qui lui provoque... comment dirais-je ? une asphyxie latente et partielle.

Alors tous les cardinaux :

– Mais qu'est-ce qu'il faut faire ?

– Il n'y a qu'une solution pour sauver Sa Sainteté, il faudrait qu'il accepte d'avoir des rapports sexuels avec une dame.

Les cardinaux :

– Ah ça jamais ! C'est interdit ! Impossible, impossible, il est...

– Alors il est foutu.

Parce que le docteur Jacquot, lui, dit la vérité. Alors les cardinaux :

– Bon, s'il n'y a que ça à faire, on va lui en parler.

Et ils vont voir le pape.

– Sainteté, Sainteté !

– *Que cosa che ?*

– Eh bien voilà, si vous ne faites pas l'amour avec une dame dans le quart d'heure qui suit, finito !

Le pape réfléchit.

– Ben je veux bien, mais alors à trois conditions, hein... Première condition, il faut qu'elle soit aveugle.

– Pourquoi, pourquoi ?

– Parce que comme ça, elle ne pourra jamais raconter ce qu'elle a vu. Une femme qui voit, elle va dire : « J'ai fait l'amour avec le pape », vous vous rendez compte ?

– Ah, c'est vrai, on n'avait pas pensé à ça.

– Deuxième condition, il faudrait qu'elle soit muette.

– Mais pourquoi ?

– Mais parce que aveugle et muette, on est sûrs qu'elle ne racontera rien. On sera peinards.

– Oui c'est vrai, Votre Sainteté, on n'avait pas pensé.

– Troisième condition, qu'elle ait une bonne paire de *nibardi,* des gros nichons.

Alors le cardinal étonné, lui dit :

– Mais pourquoi, Votre Sainteté ?

– Ah, parce que j'aime bien.

☆

C'est Maurice. Maurice le pied-noir, aïe, aïe, aïe ! mon fiiiiills !! Il lui arrive des trucs, à çui-là ! Il va voir le docteur Jacquot, 12, rue de l'Abbé-Achevé, c'est son médecin de famille. Il dit :

– Docteur, docteur, il m'est arrivé un truc, pas un truc formidable, ni extraordinaire, plus que ça encore, sur ma vie docteur !!

– Que vous arrive-t-il ?

– Eh ben voilà, ce soir, pour la première fois de ma vie, moi que j'ai jamais de chance avec les filles, ce soir j'ai rendez-vous avec deux mannequins. Deux Suédoises qu'elles sont à tomber par terre, les yeux vous en sortent et tout ! Trouvez-moi un stimulant, quelque chose, un truc qui me... Comment vous dites là, un... un affreux, un aphro...

– Un aphrodisiaque ?

– Voilà, c'est ça. Vous n'auriez pas un truc...

– Écoutez ! j'ai quelque chose de très puissant, c'est ce que l'on donne aux chevaux au moment de la reproduction. Alors je vous en supplie, juste deux gouttes.

– Aïe aïe aïe, deux gouttes, ça va très bien, docteur, ça va, ça va !!!

Maurice rentre chez lui, et puis il se dit :

– Je vais en prendre plus, deux gouttes, c'est rien, c'est ridicule, qu'est-ce que c'est ? Au prix qu'ils m'ont vendu ça, je peux en boire la moitié. Je vais en prendre plus. Enfin tant pis.

Il boit tout le flacon et le lendemain il revient chez le docteur Jacquot. Mais là, le pauvre Maurice, il a les deux bras dans le plâtre. Jacquot lui demande :

– Mais que s'est-il passé ? Vous avez eu un accident ? Vous êtes tombé dans l'escalier ?

– Non, non, non, pire que ça : elles ne sont pas venues.

☆

C'est Guytou et Jean-Xavier. Ne rigolez pas, ils ont un rêve, ils voudraient avoir un enfant. Donc ils vont voir le docteur Jacquot, 12, rue de l'Abbé-Achevé. Ils voient le docteur en revenant du tennis.

– Il nous est venu une idée folle, hou ! hou ! on aimerait bien avoir un enfant.

– Écoutez, vous savez que c'est une impossibilité physique. Mais il y a quand même une solution : avez-vous entendu parler des mères porteuses ?

– Eh bien non, on connaît les chèques au porteur, mais ça, les...

– Mais non, ça n'a rien à voir. Il suffirait de recueillir un peu de votre... euh, comment diraisje ?... semence commune dans une fiole et de l'inoculer ! C'est le terme. Et de l'inoculer, donc, à une mère porteuse qui neuf mois plus tard, si tout marche bien, donnerait naissance à un bébé qui serait quand même de vous.

– Ah, c'est intéressant, très intéressant, c'est chou !! Ah ben, on est d'accord, demain on vous rapporte la fiole.

Le lendemain ils reviennent et donnent la fiole au docteur. Effectivement le docteur Jacquot trouve une mère porteuse et, neuf mois plus tard, la mère porteuse accouche. Guytou et Jean-Xavier se précipitent à la clinique.

– Où il est notre bébé, où il est notre bébé, où il est ? On veut le voir, où il est, où il est, où il est ? Hou ! Hou !

Alors l'infirmière (c'est un genre de Ginette) :

– Il est là, venez voir, aow !!

Ils arrivent dans une salle où il y a plein de bébés qui pleurent, qui pleurent ! Il n'y en a qu'un qui ne pleure pas. Alors l'infirmière leur dit :

– Regardez, c'est celui-là, c'est le seul qui ne pleure pas, aow !

Alors Guytou dit :

– Tu vois, Jean-Xavier, le nôtre, c'est le plus sage.

Et là, il y a l'infirmière qui fait :

– Le plus sage, aow ! Ah tu parles ah là là ! Attendez qu'on lui retire la sucette qu'il a dans le cul !

☆

C'est trois sportifs dans un vestiaire. Il y a un Anglais, un Allemand et un Marseillais. Ils se vantent, parce que les sportifs, ça se vante, ça raconte ses performances et tout ça. L'Anglais dit :

– Moi, avec une perche de trois mètres, je saute une barre qui fait huit mètres de haut.

Et l'Allemand dit :

– Moi, avec une perche de deux mètres, je saute une barre de dix mètres.

Et le Marseillais dit :

– Moi avec ma perche de vingt centimètres, eh con, je saute ma voisine qui fait un mètre quatre-vingts.

☆

Ce sont deux vieillards sur un banc. Il y en a un qui dit :

– Eh dis donc, Dédé, t'as oublié de fermer ta braguette.

L'autre répond :

– Je n'ai pas oublié, je l'ai fait exprès !

– Mais pourquoi ça ?

– Ben figure-toi que hier j'avais oublié de fermer le col de ma chemise et aujourd'hui, j'ai le cou tout raide !

☆

Ça se passe au Chili, dans un camp de guérilleros. Il y a un journaliste parisien qui a réussi à s'y introduire et à partager la vie de ces guérilleros. Mais pour le soir il y a un hic, c'est que pour rentrer au camp il y a un mot de passe et, comme tous les guérilleros sont barbus, le mot de passe c'est « Barbudo ». Chacun dit : « Barbudo! », et il y a un mec qui répond : « Passez. »

Seulement le journaliste il a un petit problème : il est imberbe. Il n'a pas de barbe du tout. Et le soir il se dit : « Comment je vais faire pour rentrer ? »

Alors il baisse son pantalon et il fait :

– Barbudo, mais service secret !

☆

C'est François Mitterrand qui visite un asile d'aliénés, ça se fait de temps en temps, et le directeur fait la leçon aux malades ; il leur dit :

– Écoutez, c'est quand même le président de la République, je sais que vous êtes un peu perturbés mais faites un effort, quand il passera devant vous, vous lui dites « Vive le président de la République ! »

Ça lui ferait plaisir, et puis ce n'est pas tous les jours qu'il se déplace, quand même. N'est-ce pas ?

Mitterrand arrive.

– Eh bien ? Où sont-ils ?

Il passe devant le premier qui lui fait :

– Vive le président de la République ! Gneu, gneu, gneu. Agna ! Agnagna !

Mitterrand est content. Il passe devant le deuxième :

– Vive le président de la République ! Ah, ah, ah ! gna gna gna !

Mitterrand est très content. Mais le dernier ne dit rien.

– Ah c'est curieux, vous ne m'avez rien dit, vous ?

– Non mais moi je ne suis pas fou, je suis le gardien.

☆

C'est deux Marseillais qui parlent, comme ça, dans un café ; ils parlent beaucoup dans les cafés. Y en a un qui dit :

– Oh putaing ! Tiens, tu vois, pour être heureux dans la vie, c'est facile. Il faut une bonne santé et un bon travail.

L'autre fait :

– T'es heureux, toi, fache de con ?

– Parfaitement, fan de chichounette ! J'ai une bonne santé et ma femme un bon travail.

☆

C'est un monsieur qui arrive devant sa voiture en stationnement, un monsieur un peu distrait.

– Qu'est-ce que j'ai foutu de ma clé, c'est pas possible !

Alors il fouille dans sa veste, il fouille dans son pantalon, et alors dans la poche de son pantalon il trouve un suppositoire à moitié fondu. Et il fait :

– Ah bon, d'accord, je comprends pourquoi ça m'a fait si mal tout à l'heure.

☆

C'est un monsieur qui téléphone.

– Allô, le réseau ? Allô, le réseau ? Chut, chut. Est-ce que vous pourriez m'envoyer une call-girl au 534, rue Bonaparte ?

– Oui, Monsieur, bien sûr, pas de problème.

– Bon, vous me reconnaîtrez facilement, je suis cul-de-jatte et je suis manchot en même temps. Donc...

– Écoutez, Monsieur, je ne comprends pas, vous voulez dire que...

– Oui, quoi ? Je suis cul-de-jatte et je suis manchot.

– Mais enfin, Monsieur, alors dans ce cas-là, qu'est-ce que vous pouvez faire avec une call-girl ?

Le mec lui fait :

– Devine, eh abruti ! Avec quoi tu crois que je téléphone ?

☆

Et maintenant une citation de Léo Campion ! Une citation profonde : « Il vaut mieux être cocu que ministre. Au moins, on n'est pas tenu d'assister aux séances. »

☆

C'est un monsieur qui est très contrarié. Il va voir le docteur Jacquot et lui dit :

– Docteur, je viens vous voir parce que... enfin j'ai une toute petite zigounette, je suis très embêté. Avez-vous quelque chose pour moi ?

Et le docteur lui répond :

– Écouteeezzz ! Mais bien sûr !

Et il lui donne une loupe.

☆

Une autre Roucasserie triste.

Ça se passe dans le métro. Et vous savez que dans le métro, souvent, le matin, les gens lisent le journal. Il y a deux voyageurs, comme ça, et il y en a un qui dit :

– C'est incroyable, quand même, je suis en train de lire les statistiques, c'est de la folie ! Vous savez que par exemple, chaque fois que je respire, eh bien dans le monde un homme meurt ?

Et l'autre fait :

– Eh, pourquoi vous ne changez pas de dentifrice ?

☆

Un monsieur roule en voiture. Il est sur une route nationale et il a faim ; il voit un restaurant, il se dit « Tiens, je vais m'arrêter. » Genre un petit relais routier, quoi, pour casser une petite dalle, un petit steak, un machin. Il rentre dans le restaurant et il n'y a personne. Alors il s'approche du comptoir, il tape :

– Oh, oh ! Il y a quelqu'un, là ?

Personne ne répond. Alors il se penche, il regarde derrière le comptoir, et qu'est-ce qu'il voit ? Le patron et la serveuse en train de tiguidic-crac-crac.

– Écoutez, je suis vraiment désolé, excusez-moi !

Le patron lui fait :

– Bah, c'est pas grave, c'est pas grave ! Allez en cuisine, on vous servira un truc vite fait.

Alors le mec rentre dans la cuisine, il n'y a personne. Il fait :

– Oh, oh ! Il y a quelqu'un ?

Il entend un bruit de casseroles et de fourneaux, il se penche et qu'est-ce qu'il voit ? Le cuisinier et une autre serveuse en train de tiguidic-crac-crac.

Et il refait :

– Écoutez, je suis vraiment désolé.

Seulement il se dit : « Je ne peux pas rester là, ce n'est vraiment pas possible. » Il sort, et qu'est-ce qu'il voit sur le trottoir ? Deux chiens en train de tiguidic-crac-crac. Alors qu'est-ce qu'il fait, le mec ? Il ne se démonte pas, il rentre dans le resto et il crie :

– Oh les mecs ! Y a votre enseigne qui vient de tomber !

☆

C'est un monsieur dans un bistro qui raconte au gens qui sont autour de lui :

– Ah là, là ! La cuite que j'ai prise hier, alors la cuite ! Vous ne le croirez pas : hier j'étais dans un bistro, dans un bistro où les chiottes étaient en cuivre.

Alors il y a une dame qui fait :

– Vous pouvez répéter ça ?

– Ben oui, hier j'étais dans un bistro où les W.-C. étaient en cuivre.

Et là, la dame qui hurle :

– Bébert, ça y est ! On a retrouvé le mec qui a pissé dans ton saxo !

☆

C'est une dame et un monsieur qui sont mariés. Un soir que la dame est un peu nostalgique, elle dit à son mari :

– Ah, quand je pense que dans le temps, quand nous nous sommes connus, tu étais beaucoup plus gentil, beaucoup plus doux et beaucoup plus romantique.

L'autre lit le journal...

– Oui, rappelle-toi : quand on était jeunes mariés, le soir tu me parlais tendrement, tu me caressais le menton.

Le mec fait:

– Ouais ! Mais à l'époque t'en avais qu'un !

☆

C'est une dame qui arrive chez le docteur Jacquot. Elle a un œil au beurre noir.

– Ah, ben ! Qui est-ce qui vous a fait ça ?

– C'est mon mari.

Le docteur dit :

– Votre mari ? Mais je croyais qu'il était en voyage ?

Elle :

– Moi aussi, je croyais.

☆

C'est un opticien qui prend sa retraite. Alors il fait une petite fête, un petit buffet et puis tous ses amis, qui sont des gens très originaux, lui offrent chacun un objet d'art en forme d'œil. Alors il a un œil en céramique, il a un œil en cuivre, en albâtre, etc. Il n'a que des yeux, des vrais objets d'art. Au bout d'un moment, il dit :

– Heureusement que je ne suis pas gynéco !

☆

C'est un monsieur qui va voir le docteur Jacquot et il lui dit :

– Docteur, voilà, je voudrais changer de sexe.

L'autre lui fait :

– Écoutez ! C'est curieux... Vous avez bien réfléchi ? Parce que quand même, c'est important ! Je veux dire, il faut être sûr !

– Ah mais c'est sûr, je voudrais changer de sexe.

– Bon, eh bien d'accord.

– Eh bien voilà, j'en voudrais un plus gros et plus long.

☆

C'est un monsieur qui vient voir sa femme. Elle vient juste d'accoucher. Alors il arrive à la clinique et sa femme lui dit :

– Alors, tu as vu le petit ?

Il lui dit :

– Oui, oui, mais je t'aime quand même, allez !

☆

Un Belge va voir sa femme qui vient d'accoucher de jumeaux. Il lui dit :

– Salope ! Dis-moi tout de suite qui est le père du deuxième !

☆

Voilà une histoire très très mignonne.

C'est une petite fille qui est chez le coiffeur, comme ça, et alors elle mange un bonbon... Elle mange un berlingot et elle n'arrête pas de gesticuler.

Alors le coiffeur lui dit :

– Écoute, arrête de bouger comme ça, parce que tu vas avoir plein de poils sur ton berlingot.

Elle répond :

– Ça m'étonnerait, j'ai que six ans !

☆

C'est une petite fille qui est très très laide. Alors les autres lui disent :

– Tu sais ce qu'il t'arrivera, plus tard ?

– Non...

– Rien !

☆

C'est un monsieur qui avait un gros problème... Il était, comment dire ? Il était eunuque. Parce qu'à la suite d'un accident il avait perdu ses deux petits porte-monnaie. Alors il était très embêté. Mais le docteur Jacquot, un jour, a trouvé une méthode, une thérapie absolument extraordinaire. Il lui a greffé deux oignons. Et ça marche très bien. Parce que maintenant, quand il fait l'amour à sa fiancée, elle a les larmes aux yeux.

☆

C'est un homme qui rentre chez lui. Qu'est-ce qu'il trouve ? Sa femme au lit avec son meilleur ami. Alors il dit à son copain :

– Salaud, qu'est-ce que tu fais dans mon lit ?

Le copain, fataliste :

– Bah ! La même chose que toi !

Et là, il y a la femme qui dit :

– Eh bien alors, tu vois que ce n'est pas grave...

☆

Mon premier est un carburant.
Mon deuxième est un carburant.
Mon troisième est un carburant.
Et mon quatrième est un carburant.
Mon tout est une cérémonie religieuse.

C'est la circoncision. Parce que mon premier est un carburant : houille ! Mon deuxième est un carburant : houille ! Mon troisième est un carburant : houille ! Mon quatrième est un carburant : mazout ! Ça fait :

Ouille ouille ouille, ma zoute !

☆

Un monsieur entre dans un bureau de tabac et dit très fort :

– Je voudrais une boîte d'allumettes, s'il vous plaît !

Le mec du bureau de tabac répond :

– Eh oh ! ça va ! Je ne suis pas sourd ! Avec ou sans filtre ?

☆

C'est un coup de fil au commissariat de police.

– Allô, allô ? Venez vite ! Il y a un voleur chez la femme-serpent !

– Ah bon, vous êtes la femme-serpent ?

– Non, je suis le voleur !

☆

C'est un monsieur qui était majordome à Buckingham Palace. Un jour il prend sa retraite, évidemment il connaît tous les secrets d'alcôve et on lui demande :

– Et alors, vous étiez au service de...

– Parfaitement, j'étais au service de Lady Di et du prince Charles...

– Oh, ça devait être chouette, et alors, comment ils mangeaient ? Avec des couverts en argent, et...

– Oui, oui.

Et il donnait tous les détails.

– Et le soir, alors, quand ils étaient dans leur chambre, comment ça se passait ?

– Ah ! ça, je ne peux pas le raconter...

– Oh, si, si ! racontez, racontez, allez. Comment ça faisait par exemple, quand Lady Di, euh, elle atteignait l'orgasme ?

– Eh bien elle laissait tomber sa lime à ongles.

☆

Alors voilà. Ça se passe au retour des jeux Olympiques. C'est la délégation belge de natation qui est reçue par le roi Baudouin qui lui adresse de vibrants hommages.

– Messieurs, au nom de la Belgique et de la culture sportive une fois, je tiens à vous adresser mes plus chaleureuses félicitations pour vos exploits respectifs de ces derniers jours, car je suis particulièrement fier de le souligner ici : c'est vraiment la première fois que l'on ne déplore aucun noyé dans notre équipe.

☆

Ça se passe à Marseille. C'est un brave Marseillais qui va se confesser. Alors il va voir le curé et il lui fait :

– Ouah ! Mon père, putaing c'est pas facile à dire, putaing voilà, cette nuit, j'ai... Cette nuit, j'ai fait acte de chair.

Le curé :

– Qu'est-ce que vous avez fait ?
– J'ai fait acte de chair, je vous dis !
– Vous avez fait l'acte de chair ?
– Ouais, ouais ! Fache de nine, c'est comme je vous dis.
– Et combien de fois, mon fils ?
– Combien de fois ? Oh quique ! Écoutez, mon père, je suis là pour m'humilier, pour me mortifier, je suis pas là pour me vanter !

☆

C'est un type qui entre dans un bistro à Marseille, et il commande un pastis. Il boit son pastis et il demande :
– Combien je vous dois ?
Le serveur répond :
– Dix francs.
– Dix francs ! Oh fache de con ! Ça a encore augmenté !
– Ça n'a pas augmenté : c'est vingt francs assis en terrasse, quinze francs assis dans la salle, et dix francs debout au comptoir.
Le mec fait :
– Bon, le prochain je vous le paye cinq francs, vous me l'apporterez dans les cabinets et je le boirai sur une jambe.

☆

C'est une jeune fille un petit peu dévergondée qui est assise à côté d'un jeune homme en voiture. Ils reviennent d'une soirée. Et comme elle est très coquine, elle commence à remonter un petit peu son pull-over et elle dit au mec :
– Vous voulez que je vous montre où j'ai été opérée de l'appendicite ?

Et le mec répond :

– Ah non, non merci ! J'ai horreur des hôpitaux !

☆

Ça se passe pendant un repas de famille. Au dessert, grand-père a l'habitude de raconter toujours la même histoire qu'il a vécue pendant la guerre. Alors dans la famille, évidemment, ils en ont un peu marre.

– Tu sais, je ne vous ai jamais raconté...

– Si, si ! Tu nous l'as racontée déjà cent fois.

Et un jour il attaque une histoire et il dit :

– Quand j'étais en Afrique...

Alors là, surprise ! Ce n'est plus la même histoire ! Ils se retournent intrigués.

– Mais pépé, tu es allé en Afrique ?

– Ah bah, tiens ! Du temps de Stanley, Livingston et Charden, j'étais là-bas ! Un jour j'étais à la chasse au lion, vous ne pouvez pas vous figurer ce que c'est... J'avais un vieux fusil à piston à un coup. Comme moi, tiens. Un fusil que l'on m'avait fait sur mesure. Un coup, je n'avais qu'une balle. Alors un jour, à trois mètres de moi, qu'est-ce que je vois ? Un lion énorme, la gueule béante, avec des dents comme des couteaux de cuisine qui se précipite en bavant sur moi ! Ahhhh ! Je mets ma charge de poudre, je pousse le piston, j'ajuste le lion, il était à un mètre seulement de moi, je tire et je le rate ! Et je fais dans mon pantalon !

– Oui, mais ça c'est normal, pépé ! Tout le monde en aurait fait autant...

– Non ! Maintenant !

☆

C'est l'histoire d'un monsieur un peu lubrique – Stanley Lubrique – qui téléphone à une dame :

– Allô, allô, Germaine ?

– Oui, oui, c'est Germaine !

– Ici c'est Léon, si vous devinez ce que je suis en train de tenir dans ma main droite, je vous l'offre.

Et la dame répond :

– Écoutez, Léon, je regrette. S'il vous suffit d'une seule main pour le tenir vous pouvez le garder, ça ne m'intéresse pas.

☆

C'est l'histoire d'un jeune homme qui était triste parce qu'il avait un grand cou. Il avait un grand cou un peu comme une girafe, alors ça le complexait, il n'osait pas draguer les jeunes filles. Alors un jour il a écrit à une petite agence matrimoniale, et il a expliqué : « J'aimerais rencontrer la jeune fille de ma vie, mais il faudra la prévenir que j'ai un grand cou. Mais si ça ne la gêne pas, bien sûr... »

Quelques jours après, l'agence lui a répondu : « On a trouvé une jeune fille qui veut faire votre connaissance ; le problème c'est qu'elle, elle a vraiment de grosses oreilles. Elle a vraiment d'énormes oreilles, des pavillons de phono, vous voyez ? Carrément. » « Bon, ça ne fait rien, qu'il a récrit, ça ne me gêne pas, moi j'ai un grand cou, alors je ne vais pas lui faire de réflexions parce qu'elle a de grosses oreilles, hein... »

Et ils se rencontrent, ils vont boire un café ensemble, et effectivement le coup de foudre se produit ; ils se plaisent beaucoup, ils passent la soirée ensemble, ils vont se promener au bord de la Seine et ils font des projets. Ils pensent même qu'ils vont se marier. Le soir, le jeune homme raccompagne la jeune fille chez elle. Et en descendant de la voiture elle lui dit :

– J'ai passé une soirée merveilleuse, vraiment merveilleuse, merci beaucoup.

Et là, il lui répond :

– Beau cou, beau cou... T'as pas vu tes oreilles, eh poufiasse !

☆

C'est un monsieur d'un certain âge qui drague une jeune fille de dix-sept ans. Il lui dit :

– Vous verrez, quand vous me connaîtrez mieux, vous saurez qu'il y a deux hommes en moi.

Et la fille lui dit :

– Eh bien quand vous me connaîtrez mieux, vous verrez que ce n'est pas suffisant.

☆

C'est un Belge qui est au guichet d'une gare. Il demande un billet pour Liège et le guichetier lui dit :

– C'est trois cents francs.

– Trois cents francs c'est trop cher, une fois, je ne paierai pas au-dessus de deux cents.

– Mais monsieur, c'est trois cents francs, un point c'est tout.

– Bon ! Puisque vous le prenez comme ça, je change de guichet.

☆

C'est un imprésario qui reçoit un jour la visite d'un monsieur miteux et qui lui demande :

– Qu'est-ce que je peux faire pour vous ?

– Eh bien j'ai un petit numéro de music-hall à vous proposer, si ça vous intéresse... Vous savez j'ai fait des tournées, dans le temps, et ça marchait bien.

– Bon, c'est quoi ?

– Eh bien j'ai un chien qui joue du piano. Vous allez voir, c'est un caniche, il joue très bien du piano.

« Il se fout de moi », pense l'imprésario, et il fait :

– Bon, venez cet après-midi au théâtre, on va faire une audition.

Effectivement, l'après-midi, on installe un petit piano, un petit tabouret, et on attend... Le caniche arrive en frac et queue-de-pie. Il se met au piano et attaque une sonate de Chopin et quelques danses hongroises de Liszt. Évidemment il ne joue pas parfaitement et commet quelques erreurs, mais ce n'est pas si mal, quand même ! Les gens applaudissent, c'est un tabac. Alors l'imprésario va voir le monsieur au chien et lui dit :

– Mais c'est formidable, c'est génial ! Vous avez d'autres numéros comme ça ?

Et le monsieur miteux :

– J'ai un chat qui chante du bel canto, si vous voulez, mais enfin ça ne vous intéressera pas. Remarquez c'est marrant, il est accompagné par le chien, alors vous voyez, ça fait un petit numéro sympa...

– Mais c'est tout à fait incroyable ! On va essayer ça ce soir !

Effectivement, le soir, le caniche se met au piano, le chat entre en scène, il se place devant le micro et...

– La, lalalala, la, la !

Il chante un peu faux, mais tout de même, c'est extraordinaire !

L'imprésario va revoir le propriétaire du chien et du chat et lui dit :

– Mais enfin, quel est votre truc ? Quel est votre truc ?

– Oh, mais moi je n'ai pas de truc, la vérité c'est tout con, vous savez, c'est le chien qui est ventriloque, alors...

☆

– Tu sais, ma belle-mère, elle fait un régime...

– Non ! Qu'est-ce qu'elle fait ?

– Elle fait un régime uniquement à base de noix de coco et de bananes.

– C'est pas vrai ! Elle a maigri ?

– Non, elle n'a pas maigri, mais tu verrais comment elle monte aux arbres !

☆

C'est un Belge à qui on pose une colle. On lui dit :

– Combien peux-tu manger de croissants le matin quand tu es à jeun ?

Il dit :

– Bah je ne sais pas moi, une dizaine ?

– Non, un ! Car après un croissant tu n'es plus à jeun.

– Ah ça c'est vrai. Tiens, je vais la faire à ma femme, ça, c'est un test, une fois...

Il rentre le soir et dit à sa femme :

– Chérie, combien de croissants tu peux manger le matin quand tu es à jeun ?

Elle fait :

– Ben ma foi, je ne sais pas, trois ?

Il dit :

– Ah, c'est dommage, tu m'aurais dit une dizaine, j'avais un truc super à te raconter.

☆

Elle se passe dans un lycée, celle-là. C'est le proviseur qui convoque un papa, il est très embêté. Il fait :

– Écoutez, monsieur Matureau, je suis très embarrassé. J'ai deux nouvelles à vous communiquer concernant votre fils Gaston. Une bonne et une mauvaise.

– Bon ! dit le père. Alors commençons par la mauvaise.

– Comment dire ? Voyez-vous, au sein d'un lycée, disons, les mœurs, enfin l'apparence de votre fils... ce côté... ça provoque du scandale dans l'établissement.

Le père dit :

– C'est quoi, la bonne nouvelle ?

– La bonne nouvelle ? Il vient d'être élu « Miss Lycée » !

☆

C'est un petit garçon qui se croit malin, il veut faire une frayeur à sa mère... Alors il arrive dans le salon et il fait :

– Eh ! Maman, maman ! Il y a un monsieur qui est couché avec la bonne !

Alors sa mère lui fait :

– Quoi, un monsieur ?

– Non, eh ! Poisson d'avril, c'est papa !

☆

Ça se passe à Marseille. On fait passer des examens pour entrer dans la police. Le premier candidat s'installe, il a le trac, le brigadier lui lance :

– Bon, alors, allez-y ! Qu'est-ce qui est en cuir, qui a des semelles et des lacets ?

– Euh, pffff, oh !... Oh la la !

– Écoutez, vous êtes nul, c'est une chaussure ! Allez ! Dehors !

Le type sort, dépité ; il croise le deuxième candidat et lui dit :

– S'il te pose une question : c'est une chaussure. C'est une chaussure, hein, fou de con !

L'autre dit :

– D'accord.

Il s'installe.

– Bon, à vous. Qu'est-ce qui a deux réacteurs, deux ailes et qui vole dans le ciel ?

Le deuxième réfléchit.

– Euh, chef, je peux vous poser une question ?

– Allez-y.

– Ça a des lacets ?

– Non, ça n'a pas de lacets.

– Oh, fan de nine ! J'ai trouvé ! C'est un mocassin.

☆

Ça se passe à table, à Marseille. C'est chez Monsieur et Madame Poustabiana. Monsieur et Madame Poustabiana, ils ont un petit Félix qui a six ans, qui va à l'école et qui est putaing mal élevé, con ! Il parle putaing de mal, eh, con ! Donc, Monsieur et Madame Poustabiana sont à table, et Félix dit à sa mère :

– Eh ! Maman ! Eh maman ! Qu'est-ce qui est mou quand on le prend et qui durcit quand on le met au chaud ?

Sa mère lui dit :

– Écoute, Félix, je t'interdis de parler de ça quand on est en train de manger. Tu n'as qu'à demander à ton père, mal élevé que tu es ! Mauvaise graine !

– Dis papa, qu'est-ce qui est dur quand on le prend et qui ramollit quand on le met au chaud ?

Le père, il fait :

– Eh bien, ce sont des macaronis, cong !

– C'est bien ce que je pensais... Maman, elle, elle ne pense qu'au cul. Mais toi, c'est tout pour la gueule, eh ! oh !...

☆

C'est deux mecs qui se rencontrent. Il y en a un qui dit :

– Tiens, ça fait un moment que l'on ne s'est pas vus, ça fait six mois au moins. Comment elle va, votre femme ?

Le mec lui fait :

– Eh bien, c'est difficile à savoir : il y a trois mois je lui ai dit un mot désagréable, et depuis elle ne me parle plus.

Le mec lui fait :

– S'il vous plaît, s'il vous plaît, dites-moi : c'est quoi, ce mot ?

☆

C'est la femme de Maurice. Elle appelle son mari et lui dit :

– Mauriiiiice ! L'autre jour j'ai acheté un livre, je ne le trouve plus ! Tu te souviens comment ça s'appelait ? C'était quoi le titre, déjà ?

– « Comment devenir centenaire. »

– Où il est, ce livre ?

Il fait :

– Je l'ai jeté.

– Ma parole ! Pourquoi tu l'as jeté ?

– Parce que ta mère a commencé à le lire.

☆

C'est Ginette. Elle a fait la connaissance d'un charmant jeune homme. Vraiment un jeune homme bien sous tous rapports. Elle a même poussé le luxe jusqu'à passer une nuit avec lui, et alors le lendemain, évidemment, sa copine Josiane qui est une sorte de deuxième Ginette lui fait :

– Alors, comment ça s'est passé ? Tu ne me dis rien ? Allez, arrête ! Tu me fais flipper, raconte !

Ginette fait :

– Écoute, je vais te dire il ne s'est rien passé. Il n'a même pas pu rentrer... Tu verrais, c'est incroyable, ce qu'il est monté, aoww ! Oh là là, qu'est-ce que je peux faire, aoww ??

Josiane lui dit :

– Écoute, c'est simple : tu vas dans une pharmacie, tu achètes de la vaseline, tu verras, ça rentre tout seul. Tu ne vas pas te laisser emmerder par ça, quand même, c'est le mec de ta vie, fais un effort.

Alors Ginette va dans une pharmacie. Elle achète la vaseline, repasse la nuit avec son copain et le lendemain elle revoit Josiane et Josiane lui fait :

– Alors, t'as fait ce que je t'ai dit ?

– Oh, là, là, ouais, j'ai fait ce que tu m'as dit, mais je te jure, oh là là ! Même avec ça, il n'a pas pu rentrer, aoww !

Josiane réfléchit, parce que quand même, là, c'est embêtant pour bâtir une vie à deux, n'est-ce pas ?

Et puis elle lui dit :

– Alors, écoute, tu sais ce que tu fais ? Y a qu'une solution, tu prends un bol, tu le remplis d'huile d'olive et tu lui dis de tremper pendant un quart d'heure son engin dedans, après, ça ira.

Ginette fait :

– Bon, ben, d'accord.

Le lendemain, elles se revoient et Josiane demande :

– Alors, ça a été ?

– Oh là là ! T'en as de bonnes ! Il n'a même pas pu entrer dans le bol.

☆

Une petite histoire de Noël... C'est un petit Palestinien – y s'appelle Yasser junior – qui voudrait un vélo.

Il ne sait pas comment faire, ses parents n'ont vraiment pas de sous. Il se promène dans la rue et il voit tout à coup une statue de la Vierge. Alors il prend la statue de la Vierge Marie, il la met sous sa veste, il rentre dans sa chambre et il écrit :

– Cher Jésus je voudrais un vélo, et si tu veux revoir ta mère vivante...

☆

C'est un couple en voiture avec un enfant de trois ans. Ils roulent un petit peu vite, alors il y a un motard qui les serre et qui dit :

– Dites donc, là, vous êtes en état d'ébriété ! Soufflez un peu là dans le ballon, Monsieur, s'il vous plaît.

Le mec souffle, le ballon est violet. Le motard fait :

– C'est bien ce que je pensais, vous êtes en état d'ébriété.

Le mec lui répond :

– Ah non, non, pas du tout, je regrette, c'est votre ballon qui ne marche pas. Tenez, regardez, faites souffler ma femme, vous allez voir.

– Bon, je veux bien...

La femme souffle...

– Eh bien le ballon est violet, votre femme aussi elle est bourrée, je vous inculpe tous les deux.

– Non, non, non, c'est votre ballon qui ne marche pas. Tenez, faites souffler le petit, il a trois ans, vous n'allez pas me dire quand même que...

– Bon, on va voir.

Alors il y a le gamin qui souffle.

Le motard regarde et le ballon est violet. Et le motard fait :

– Ah, c'est peut-être le truc qui ne marche pas. Effectivement. Vous pouvez y aller.

Alors, la voiture redémarre et le mari dit à sa femme :

– Ben, dis donc, on a bien fait de refiler trois pastis au môme avant de repartir, hein !

☆

C'est Ginette avec sa copine Josiane. Elles visitent une foire scientifique, une foire où l'on peut admirer des instruments scientifiques, des instruments astronomiques, des instruments chimiques, etc. Tout à coup Ginette s'arrête devant un microscope et elle dit :

– À quoi ça sert, ça, Josiane, aow ?

Parce qu'on sent qu'elle est savante, Ginette, quand même. Et Josiane lui répond :

– Ah, eh bien ça, c'est un microscope.

– Mais à quoi ça sert ?

– Eh ben ! Ça permet de faire grossir les objets.

Et Ginette réfléchit et fait :

– Oh là là ! Woaoww ! Je comprends pourquoi Jean-Louis me dit que j'ai des mains microscopiques.

☆

Le père Favier invite chez lui quelques collègues et c'est sa bonne, la vieille Marie, qui sert à table. Elle amène l'entrée et elle dit :

– Messieurs les curés, voici des crudités de mon jardin.

Le père Favier fait :

– Oh, ma fille, ma fille, vous n'avez pas l'esprit de partage. Il ne faut pas dire de mon jardin, il faut dire de notre jardin.

– Oh, pardon, Monsieur le curé.

Puis arrive le rosbif, et la vieille Marie dit :

– Voici l'excellent rôti de mon boucher avec les haricots tout frais de mon jardin !

– Oh, Marie ! Je ne vais pas vous reprendre pendant tout le repas ! Pas de *mon* boucher, ni de *mon* jardin. Dites de *notre* boucher, de *notre* jardin ! Compris ?

Alors à la fin, au dessert, il y a la bonne Marie qui arrive.

– Qu'est-ce qu'il y a encore, Marie ?

– Eh bien, Monsieur l'abbé, il y a notre chatte qui est en train de faire ses petits dans *notre* lit.

☆

C'est Eugène Poulossière et sa femme Fernande, deux braves paysans. Et il y a la Fernande qui dit à Eugène :

– Oh, mon Eugène, c'est demain l'anniversaire de notre mariage, mon gars ! Alors pour la circonstance, est-ce que l'on ne pourrait pas tuer le cochon ?

Et l'Eugène fait :

– Et pourquoi, bon gu ! C'est pas de sa faute !

☆

C'est un étudiant qui a loué un appartement, et il n'est pas très content. Il fait venir le propriétaire et lui dit :

– Écoutez, ça ne va pas du tout, ça ne va pas du tout. Vous allez voir...

– Mais qu'est-ce qui se passe ?

– Il y a des rats.

– Écoutez, c'est un appartement neuf, ça m'étonnerait...

– Il y a des rats. Je ne déconne pas. Regardez.

Le mec jette un morceau de gruyère et, effectivement, il y a un énorme rat qui sort de dessous la commode, qui attrape le morceau de gruyère et qui s'en va.

– Et puis alors ça c'est rien, des fois il y en a des plus gros, vous allez voir.

Il rejette un morceau de gruyère et il y a un rat énorme, deux fois plus gros que le premier qui sort, qui attrape le gruyère. L'étudiant continue :

– Et ce n'est pas tout, regardez.

Il jette un morceau de gruyère, et là il y a une truite qui sort de dessous la commode. Une truite qui bouffe le gruyère. Alors là, le propriétaire s'écrie :

– Mais c'est une truite !

Et l'autre répond :

– Ouais, mais pour l'humidité, on verra plus tard.

☆

C'est Maurice, il est VRP. Ah, le pauvre ! Sa voiture tombe en panne sur une route de campagne. Il est là, il ouvre le capot.

– Mais qu'est-ce que j'ai fait au bon Dieu ? Cette bagnole que j'ai achetée d'occasion, la merde que c'est ! Ouarbok ! Regardez-moi ça ! Mais qu'est-ce que c'est que cette merde ? Il y a un truc qui fume ! C'est le Delco, c'est le carburateur, ou quoi ? Mais qu'est-ce que c'est ?

Il est là, en train de s'énerver, et il y a un cheval qui traverse la route. Le cheval s'approche, renifle le capot et lui fait :

– C'est le Delco.

Alors là, Maurice, il est sidéré.

– C'est pas vrai, je rêve ou quoi ? J'ai pris des produits qui hallucinent ou quoi ?

Le cheval lui fait :

– Pfffffff ! C'est le Delco.

– Ah, c'est pas possible !

Le Maurice, il est affolé; il court à la ferme voisine et il dit :

– Dites donc, monsieur, le cheval, là-bas, il est à vous, il est à vous?

Le mec :

– Bé, bé, bé, parfaitement, bordel, eh ben oui. Il est à moi.

– Vous n'allez pas le croire, j'étais en panne et tout, j'avais ouvert le capot, le cheval il vient, il me dit que c'est le Delco.

Le paysan lui fait :

– Faut pas vous affoler, mon gars ! Il n'y connaît rien à la mécanique !

☆

C'est un Africain qui rencontre un Algérien. Et il lui dit :

– Dis donc, il y a longtemps que tu es un indépendant, toi, dans ton pays, pour toi-même ?

L'Algérien lui dit :

– Ça va faire vingt-cinq ans.

Il fait :

– Comment ? Vingt-cinq ans et vous êtes déjà blancs ?

☆

C'est l'histoire de Ginette qui ne sait pas beaucoup de choses de la vie. D'abord parce qu'elle n'est pas très belle, et elle est un peu con aussi. Ce qui fait qu'un soir de Noël personne ne l'a invitée. Le plus triste de tout, c'est qu'elle n'a même pas de mec. Alors elle passe devant un magasin et elle voit marqué : « Sensations garanties » ; elle se dit : « Tiens, je vais aller voir qu'est-ce que c'est...» Elle rentre là-dedans et le vendeur fait :

– Bon, alors voilà, on a des trucs absolument formidables. Tenez, vous avez ce vibromasseur que je vous conseille, qui est un appareil qui se branche, c'est pour ceux qui n'ont pas de « sexe à piles ». Donc il suffit d'avoir du 220 volts chez vous et...

– Oh là là ! Et ça s'utilise comment, aoww ?

– Eh bien vous faites exactement comme si vous étiez avec un garçon, sauf que là, c'est électrique, c'est scientifique, c'est... voilà, donc...

– Ah bon.

Elle revient le lendemain :

– Oh là là ! Je ne suis pas contente, vous m'avez vendu une saloperie.

Le mec fait :

– Mais je vous ai expliqué. On s'en sert de la même manière, comme si vous étiez avec un garçon.

Elle fait :

– Je sais bien, mais regardez, tous mes plombages ont sauté !

☆

Il y a des entreprises modernes, maintenant : à Noël elles font gagner des safaris aux membres du personnel, pour les remercier, quand ils ont bien travaillé toute l'année. C'est comme ça que Maurice a gagné un safari au Kenya. A peine rentré, il raconte à David :

– Putain, ça s'est bien passé, tu aurais vu, on a chassé là-bas tout ce qu'il y avait. De tout. Des gazelles, des lions, des gorilles. Il y a juste eu un problème : j'avais le fusil dans la main et j'ai trébuché. Devant, il y avait la secrétaire. Le coup est parti, paf ! Juste dans le cul de la secrétaire.

L'autre fait :

– Elle a eu mal ?

– Non, elle, elle n'a pas eu mal, mais le directeur lui, il a eu les deux doigts coupés !!

☆

Ginette veut faire du cinéma, alors elle a déjeuné avec un producteur et elle raconte ça à sa copine Josiane :

– Oh là là ! J'ai bouffé avec un producteur de cinéma, il est dégueulasse, ce mec ! Il m'a dit qu'il avait sauté toutes ses vedettes – aow !

Alors Josiane lui dit :

– Mais tu sais, dans le cinéma, ça se fait.

Et Ginette lui répond :

– Ouais, mais lui, il a produit « Lassie », les « Aventures de Rintintin » et « Mon ami Flicka ».

☆

C'est une femelle éléphant. Elle a un gros problème, elle a une épine dans la patte. Elle est là, elle souffre, elle souffre et elle crie :

– Il n'y a personne qui pourrait m'enlever cette épine ?

Et à ce moment-là, il y a un chimpanzé qui passe. Le chimpanzé jubile, l'éléphante souffre. Mais c'est la loi de la jungle !...

L'éléphante dit :

– Dis donc, petit chimpanzé, tu ne pourrais pas m'enlever l'épine que j'ai dans la patte ? Parce que moi, ça me fait un mal pas possible !

Le chimpanzé lui fait :

– Je veux bien, mais à une condition. Si j'arrive à te retirer l'épine, après je passe derrière, et puis... clac... Ça me ferait plaisir, je ne me suis jamais tapé d'éléphante. Alors c'est à cette seule condition.

L'éléphante fait :

– Oui, bon, de toute façon... Bof, si tu veux, d'accord.

Le chimpanzé essaie de retirer l'épine, l'épine résiste, l'éléphante râle, le chimpanzé échoue, mais c'est la loi de la jungle. Le chimpanzé est vexé, il remonte dans l'arbre et dit :

– Ce n'est pas possible que je n'aie pas réussi à enlever cette bon Dieu d'épine, enfin quand même !

Alors là, il y a une petite souris qui passe ; la souris s'approche, et elle dit :

– Bonjour, l'éléphante, ça n'a pas l'air d'aller ?

– Ça ne va pas du tout, j'ai une épine dans la patte. Tu ne veux pas me l'enlever ?

– Je veux bien te l'enlever, mais à une condition. Si j'arrive à te l'enlever, après... crac, crac, crac...

L'éléphante se dit : « Alors là, bof ! »

– Si tu veux.

Et la petite souris, avec ses petites pattes, hop ! Elle arrive à retirer l'épine de la patte de l'éléphante. Et elle dit :

– T'as promis, hein, j'ai le droit, t'as promis !

L'éléphante, bonne fille :

– Eh bien, vas-y si tu veux.

La petite souris passe derrière, monte le long de la queue de l'éléphante et puis...

Alors là, le chimpanzé, vexé, prend une noix de coco et la balance sur la gueule de l'éléphante qui fait :

– Aïe !

Et la petite souris lui demande :

– Je t'ai fait mal ?

☆

C'est notre brave Eugène Poulossière, il a un taureau qui est terrible. Il a un taureau qui est absolument terrible parce que non seulement il se tape toutes ses vaches, mais des fois, il saute même l'enclos et va se taper les vaches du voisin. Un jour, notre brave Poulossière achète un petit âne pour aller au marché. Alors il met l'âne dans le même enclos que le taureau, mais le soir, il a quand même une inquiétude.

– Il est tellement con, ce fumier de bestiau-là, qu'il serait bien capable de faire du mal à mon petit âne, nom de diou de bon gu !

Alors il prend un drap blanc et recouvre l'âne avec. Mais le lendemain, quand il se lève, l'âne a disparu.

– Merde, ça alors, il s'est tiré, mon âne, c'est pas possible, une chose pareille !

Il descend au village et il dit :

– Eh dis donc, le Fernand, t'aurais pas vu passer un âne avec un drap blanc sur le corps ?

L'autre fait :

– Ah non, mais moi j'ai vu passer un âne avec un petit mouchoir blanc dans le cul !

☆

C'est un monsieur qui est malheureux; il est cocu. Alors un jour il dit à un copain :

– Ma femme, c'est comme une invention française.

L'autre fait :

– Ah bon ? Et pourquoi ça ?

– Eh bien c'est moi qui l'ai trouvée et ce sont les autres qui en profitent.

☆

C'est un mec (il est blanc, il faut préciser) qui rencontre un Sénégalais dans un bar et il lui dit :

– Eh, dis donc, quand même, comment vous faites, vous, les Noirs, pour avoir des engins énormes ? Parce qu'il paraît que vous en avez des grandes comme ça.

– Alors là, mon vieux, c'est de naissance. Pour nous-mêmes ! Quand nous venons au monde, nos parents nous attachent à une ficelle au bout relié à un gros caillou mmouiii ! Alors, n'est-ce pas, avec le poids du caillou, ça tire sur le... ce qui explique que nous en avons de très grosses, enfin mmouii, très grandes...

Et le Blanc fait :

– Tiens, je vais peut-être essayer. Oui, je vais faire pareil.

Quinze jours après ils se revoient et le Noir lui demande :

– Alors ? Ça a marché ? Tu as fait le coup de la ficelle et du caillou ?

Il fait :

– Ouais, ouais, ça marche.

Le Noir dit :

– Alors elle est plus longue pour toi-même ?

Il répond :

– Non, mais elle est déjà noire.

☆

C'est un mec qui arrive dans une banque. Il se dirige vers la caissière et il fait :

– Attends, toi, amène-toi ! Amène ta gueule, toi !

– Mais Monsieur, qu'est-ce qui se passe ?

– Je voudrais ouvrir un compte, quoi. J'ai pas le droit ? Ta gueule toi !

– Mais enfin, Monsieur, on ne parle pas comme ça à une dame !

– Toi, ta gueule ! Je te dis que je veux ouvrir un compte ! Fais chier, qu'est-ce t'as ? Je veux ouvrir un compte.

– Écoutez, Monsieur, je vais appeler le directeur.

Elle appelle le directeur, il fait :

– Qu'est-ce qu'il se passe ici, qu'est-ce qu'il y a ? Qu'est-ce qu'il y a ?

– Mais enfin, Monsieur le directeur, ce monsieur me parle d'une façon très grossière.

– Ah c'est pas vrai, je ne suis pas grossier, j'ai gagné deux cents briques au loto et je veux ouvrir un compte.

Le directeur fait :

– Ah bon ! Et cette salope vous fait chier ?

☆

Ça se passe dans une famille écossaise. Ça peut se passer n'importe où en Écosse, à Aberdeen par exemple. Il y a un petit garçon qui lit dans la salle à manger, son père arrive et lui dit :

– Tu consommes trop d'électricité, coupe la lumière.

Et le petit garçon dit :

– Mais où je vais finir mon livre, maintenant ?

– Va dans le jardin, il reste un ver luisant près du puits.

☆

Ça se passe à Marseille dans une école. C'est un petit garçon qui est amoureux de la sœur de son copain. Ça arrive à tous les adolescents, ça, de tomber amoureux de la sœur d'un copain. Et alors, il lui dit :

– Oh, oh, si je te donne cent francs, fan de chichoune ! tu me donnes une mèche de cheveux de ta sœur ?

L'autre :

– Eh putaing ? Si tu me donnes cent francs, je te la scalpe !!

☆

C'est une vieille dame. C'est Madame Grinder. Madame Grinder, elle vit seule. Elle est dégoûtée des hommes depuis la Libération. Alors elle vit seule avec un perroquet. Mais c'est un perroquet très spécial... Un jour elle sort de chez elle et laisse son perroquet. Tout d'un coup, on ne sait pas pourquoi, un incendie se déclare dans la cuisine. Le feu gagne la cuisine, gagne le salon, mais le perroquet est malin. Vous savez ce qu'il fait ? Avec une patte, il arrive à tripoter la serrure de sa cage, il en sort, monte sur le piano où il y a l'annuaire téléphonique, il feuillette les pages, il cherche pon, pon, pon, pompon, pompon, pompiers ! Toujours avec une patte il prend le téléphone, il fait le numéro des pompiers, et là il entend :

– Allô, ici les pompiers...

Et là il fait :

– Il est beau, le Coco !

☆

C'est trois mecs un peu macho qui discutent. Il y en a un qui fait :

– Maurice, comment tu fais avec les femmes ?

Maurice :

– Moi, avec les femmes? Tu verrais comme elles gueulent, tu verrais comme elles gueulent avec moi ! Tu sais comment je fais ? Je commence, je leur embrasse un petit peu le cou, là, je les embrasse dans le cou, je leur caresse le dos, j'arrive un petit peu en bas et je leur caresse un peu les miches, tu verrais comme elles gueulent !

Et l'autre fait :

– Alors moi c'est différent. Moi je les embrasse sur la bouche, là, comme ça, après je leur touche un peu les seins, après je descends un petit peu plus bas, tu verrais comme elles gueulent, mon vieux !

Le troisième fait :

– Alors moi, non, je fais rien de tout ça moi. C'est crac devant, crac derrière, après je m'essuie dans les rideaux. Tu verrais comme elles gueulent.

☆

Alors c'est Ginette qui revient. D'où ? Devinez ! De chez le docteur, bien sûr. Mais là, exceptionnellement, elle a changé de médecin. Elle est allée voir un jeune médecin parce que le docteur Jacquot a pris ses vacances. Le 12 de la rue de l'Abbé-Achevé était fermé. Elle revient et dit à Jean-Loup (c'est son mec, Jean-Loup, il est un peu con, un peu vulgaire...) :

– Oh la la ! Jean-Loup ! J'ai vu un jeune toubib, ah, le mec ! Oh là là, il m'a examinée, j'ai flippé à mort. Il ne m'a fait que des compliments, aow. Il m'a dit que j'avais une belle poitrine, aow, il m'a dit qu'il n'avait jamais vu des seins comme ça, deux, côte à côte. Oh la la, qu'est-ce qu'il m'a complimentée sur mes seins, aooww !

Et Jean-Loup fait :

– Qu'est-ce t'as, toi ? Qu'est-ce t'as, toi ? Ta ta ! ta ta !!

– Oh là là ! Et puis il m'a dit que j'avais des belles hanches et tout. Il m'a même dit que j'avais une belle croupe ! Il m'a dit que j'avais des jambes bien galbées, aooww !

Et Jean-Loup, il en a marre et il dit :

– Eh quoi, dis-moi, ta-ta... Pendant qu'il y était, il t'a pas dit que t'avais un beau con ?

Elle fait :

– Ah non, non, il ne m'a pas parlé de toi !

☆

C'est Ginette qui va chez le docteur. Pour un oui ou pour un non, elle est toujours fourrée chez le docteur.

– Ah, voilà, docteur, je ne sais pas ce que j'ai, aow...

Elle a toujours des tas d'ennuis, on ne sait jamais d'où ça vient.

– Je ne sais pas ce qui m'arrive, docteur, regardez, depuis quinze jours, là, sur les cuisses, j'ai deux petites taches vertes, aow !

Le docteur, c'est le docteur Jacquot, 12, rue de l'Abbé-Achevé, il est revenu de vacances et il dit :

– Écoutez, c'est curieux, ça pourrait être une allergie, faites-moi voir.

Ginette lui montre. Le docteur réfléchit et lui dit :

– Dites-moi, votre petit copain, votre fiancé, il n'est pas gitan ?

Elle fait :

– Ah, ouais, ouais ! Oh là là ! Comment vous avez deviné ?

– Alors vous lui direz que ses boucles d'oreilles sont en cuivre.

☆

C'est une famille de Sénégalais. Il y a le papa, la maman, le petit garçon, et ils ont un peu de mal à s'intégrer. Un jour, ils voient une réclame pour « Le savon Michael Jackson qui rend blanc » et le papa dit :

– On va tous se badigeonner, pour nous-mêmes, là, on sera tout blancs et après on sera tranquilles mmmouiii !!

Ils achètent le savon, et alors la maman se lave la première. Effectivement, elle ressort toute blanche de la baignoire. Le père se lave aussi, il est tout blanc. Il n'y a que le petit garçon qui ne veut pas.

– Non, je ne veux pas être blanc !

– Viens ici !

– Non, je ne veux pas être blanc !

Et le père dit à la mère :

– Tu vois, ça fait cinq minutes que l'on est blancs et on est déjà emmerdés par un Noir.

☆

C'est l'histoire d'une princesse qui se promène dans une forêt. C'est une très gentille princesse, il faut le dire. Le genre de Ginette médiévale mais très sympa. Elle se promène et qu'est-ce qu'elle voit ? Un grand loup qui se noie dans la rivière.

– Ah là, là, pauvre bête ! Mais je ne peux pas la laisser mourir, aow !

Et comme elle est très gentille, elle attrape le loup par la queue et le ramène sur la berge. Et là le loup se transforme en un merveilleux prince charmant et la princesse lui dit :

– Oh là là ! Ça me fait plaisir d'avoir sauvé un aussi beau jeune homme !

Et le prince fait :

– Oui, oui, c'est sympa, mais enfin, bon, vous pouvez me lâcher, maintenant.

☆

C'est un monsieur qui va en Espagne pour la première fois. Il s'arrête dans un restaurant et le serveur...

C'est le genre Garcimore, quoi...

– Je vous propose la spécialité.

– C'est quoi ?

– Des cojones des toros. Des couronnes de taureau, si vous préférez.

– Et c'est quoi, les couronnes du taureau ?

– Bah, vous comprenez, de temps en temps, après une corrida, n'est-ce pas, eh bien on récupère le taureau et puis on sert ses... Vous allez voir, c'est très copieux...

Alors le mec :

– Je veux bien essayer.

On lui apporte un plat avec deux espèces de... mais alors bien copieuses...

Le mec bouffe ça et il se régale. Il se régale tellement qu'il revient le lendemain. Il fait :

– Il vous en reste encore, des cojones des toros ?

– Ah oui, oui, regardez !

Et on lui ressert le même plat, mais alors en très très copieux. Et toute la semaine pareil. Alors le samedi suivant, il arrive et il dit :

– Eh bien, je prendrai la même chose.

On lui sert deux petits trucs ridicules.

Le mec fait :

– Mais, ce n'est pas le même plat ? Vous vous foutez de ma gueule !

Le mec fait :

– Non, ce n'est pas ça, mais ce n'est pas toujours le toréador qui gagne.

☆

C'est le père Favier qui prend sa retraite. Il y a un jeune curé qui vient pour le remplacer.

Le jeune curé prend son service, et il y a une paroissienne qui arrive :

– Mon père, j'ai péché. Voilà, ma voisine a acheté une voiture neuve, j'étais jalouse et j'en ai dit du mal exprès.

– Ce n'est pas bien, ma fille, ce n'est pas bien. Il nous faudrait deux « Je vous salue, Marie », et puis un acte de contrition ce soir. Voilà.

Il y en a une autre qui arrive :

– Ah, mon père, écoutez, j'ai repris deux fois de la religieuse au restaurant.

– Ce n'est pas bien du tout ça, ce n'est pas bien du tout. Il me faudrait un « Notre Père » et un acte de contrition.

Et puis il y en a une autre qui arrive. C'est plus grave.

– Ah, mon père, quelle connerie, j'ai flashé sur le pharmacien et, dans l'arrière-boutique, je lui ai fait une petite pipe.

Alors là, le jeune curé est embêté. C'est quoi, le tarif, quand on a fait une pipe ? Il appelle l'enfant de chœur et lui demande :

– Dis-moi, qu'est-ce qu'il donnait pour une pipe, le père Favier ?

– Un Bounty !

☆

Je connais un monsieur qui a l'accent comme ça, vous savez ce que je veux dire, et qui fait des affaires terribles. Un jour il va à Bruxelles, et là, à la frontière, le douanier lui demande :

– Est-ce que vous pourriez ouvrir le coffre, s'il vous plaît ?

Il ouvre le coffre, et qu'est-ce qu'il trouve, le douanier, dans le coffre ? Il trouve deux cents soutiens-gorge.

– Mais dites, alors là, il ne faut pas rigoler, il va falloir payer une taxe.

– Mais monsieur, on ne va quand même pas payer une taxe pour des objets du culte !

Le douanier :

– Vous vous foutez de moi ? Ce sont des objets du culte ?

– Parfaitement, ce sont des calottes pour la synagogue, je n'ai pas eu le temps de les séparer en deux.

☆

C'est Ginette qui revient de vacances ; elle est allée au Club Med. Elle s'est bien éclatée : elle avait la case « Cerise » à côté de la case « Banane », et un petit collier de perles pour aller boire au bar. Elle est contente, il lui reste trois perles. Elle s'en servira l'année prochaine. Mais malheureusement, elle a fait une rencontre là-bas et elle a ramené une maladie « wagnérienne », vous savez, ou « vénitienne », enfin, comme vous préférez. Elle va donc consulter son médecin traitant, le docteur Jacquot, 12, rue de l'Abbé-Achevé.

– Écouteezz ! c'est très ennuyeux, je vais devoir vous examiner sous toutes les « Charlélie Couture ». Voulez-vous vous déshabiller entièrement, que je puisse procéder à un examen préalable ?

C'est un docteur très méticuleux. Ginette se déshabille, elle est complètement à poil, elle s'allonge sur la table d'opération, comme ça, et là il y a le docteur Jacquot qui dit :

– C'est étonnant, je n'ai jamais vu ça de ma vie, excusez-moi de vous parler crûment mais c'est fou ce que vous avez... Comment dirais-je ? Un grand vagin, vagin, vagin, vagin...

Elle fait :

– Ouais, mais bon, oh là là pourquoi vous répétez, aouw ?

– Écoutez ! je ne répète rien. C'est l'écho...

☆

Deux mecs se rencontrent dans le Sentier ; il y en a un qui dit :

– Maurice, tu as cent francs sur toi ?

L'autre, affolé :

– Où ça, où ça, où ça ?

☆

C'est l'histoire d'une vieille bûcheronne toute couverte de ramées, pliant sous le poids du fagot, qui rentre à la chaumière. La pauvre vieille ! Le fagot est lourd, la route est dure pour les miséreux. Elle ne regarde pas et à un moment, hop ! elle manque de marcher sur un crapaud. Cette pauvre vieille bûcheronne fait un écart pour ne pas marcher sur le crapaud et là, paf ! comme d'habitude, le crapaud se transforme en fée. C'est la fée « Dans son froc », une fée qui est très peu connue. Elle dit à la vieille bûcheronne :

– Tu as été bonne avec moi, vieille femme, je vais exaucer trois vœux si tu le veux bien.

– Oh ! Ce n'est pas de refus, parce que la vie n'a jamais été très clémente pour moi !

– Oui mais je n'ai pas toute la journée, mamie, alors hein, qu'est-ce qui te ferait plaisir ?

– Eh bien d'abord, je voudrais que tous les stères de bois se trouvent rangés d'un seul coup dans mon grenier.

– Bon, ben ça c'est facile.

La fée fait crac ! et tous les stères de bois sont rangés dans le grenier.

– J'ai droit encore à deux vœux, on est d'accord ?

– Oui, oui, bon, allons-y !

– Je voudrais me retrouver comme j'étais à vingt ans.

– Bon, c'est un peu plus dur mais...

Paf ! Voilà la vieille bûcheronne transformée en magnifique Ginette de vingt ans, et elle fait :

– Oh là là ! C'est chié ! Comment vous faites ça – aow ? C'est incroyable ! Bon, j'ai encore droit à un vœu. Bon, je voudrais que mon vieux chat, mon vieux matou se transforme en prince charmant – aow !

La fée dit :

– Pas de problème !

Le chat se transforme en prince charmant, et le prince dit :

– Ouais, eh bien maintenant tu vas regretter de m'avoir fait couper, hein !

☆

C'est Sarah et David. C'est un couple qui habite 8, rue des Rosevires. Ils sont très âgés. Ça fait longtemps qu'ils habitent en France. Un soir, ils sont au coin de la cheminée, ils font brûler les vieux journaux pour se réchauffer, et David dit à Sarah :

– Ça fait longtemps qu'on est ensemble, hein, Sarah ?
– Oui David, oui.
– Tu te rappelles quand je t'ai connue, en 1939 ? Qu'est-ce qu'on a souffert, les camps, l'exode, et tout, on a souffert, hein ? C'est juste au moment où je t'ai connue. Et après, tu te souviens ? On est revenus en France tous les deux pour être heureux, et ç'a été la crise monétaire : notre premier magasin nous a ruinés, ruinés, complètement ruinés. J'étais avec toi, à ce moment-là ?
– Oui, on était ensemble.
– Et tu te souviens, en 68, le beau magasin que l'on avait acheté dans la rue Gay-Lussac ?
– Oui, je me rappelle.
– Tu étais avec moi, à ce moment-là ?
– Oui, j'étais avec toi, David.
– Là, il y a eu les manifestations et ils m'ont jeté des pavés, ils m'ont tout pété la vitrine, on a encore été ruinés. Tu étais avec moi à ce moment-là ?
– Oui, j'étais avec toi, David.
– Et tu te souviens l'année dernière, l'année dernière, hein, quand il y a eu le Bérégovoy qu'a repris le portefeuille de la Finance, qu'il nous a matraqués d'impôts, on a quand même été ruinés une troisième fois ! Tu étais encore avec moi ?
– Oui, j'étais avec toi, David.
– Alors, alors ? tu me portes malheur, ou quoi ?

☆

C'est Bruno Tortellini qui va astiquer ses chaussures pendant trois heures parce qu'on lui a dit qu'au bal d'entreprise il y avait des petites minettes. Et le voilà qui danse avec Ginette. Ginette aussi elle s'est faite belle, elle a mis du sent-bon sous les bras, vous savez la bouteille d'eau de lavande à 8,50 F et il y en a deux litres et demi. Ils sont en train de danser, et au bout d'un moment, il y a Bruno Tortellini qui s'excite : « Ma que bella ! »

Ginette :

– Oh là là ! Ne vous énervez pas comme ça, aow !

Bruno lui fait :

– Ecco ! Je n'y peux rien, c'est l'appel de l'amour !

Elle fait :

– Je ne sais pas si c'est la pelle mais alors le manche, on le sent bien, hein !

☆

C'est un Monsieur très snaôb, très chic, très bien élevé, très smart, merde, quoi ! Jean-Gaétan de La Fontainière. Très chiant, qui est obligé d'aller voir le docteur car après une aventure avec une grisette, n'est-ce pas, il lui survient un léger écoulement de la partie génitale, voyez-vous, dont l'origine paraît plus que suspecte. Alors il va voir le docteur Jacquot et c'est la première fois que ça lui arrive, il est très gêné.

– Docteur, je ne sais comment vous dire, c'est probablement...

– Écoutez, je vois, j'ai l'habitude, il va falloir que je vous examine. Alors, pouvez-vous... enlever votre pantalon ?

– Eh bien, docteur, si c'est vraiment nécessaire...

– Pouvez-vous également baisser votre slip ?

– Eh bien docteur, s'il n'y a pas d'autre moyen, n'est-ce pas...

– Il va falloir que je vous la touche.

– Eh bien, docteur, allez-y, si l'on ne peut pas faire autrement...

Et à ce moment-là le téléphone sonne et le docteur dit :

– Dans une seconde je suis à vous.

– Vous pouvez me dire « tu », au point où on en est maintenant...

☆

Ça se passe dans un cirque. C'est un dompteur de crocodiles (c'est rare : pour la plupart ce sont des lions, des panthères, mais lui, non, c'est un dompteur de crocodiles) et il fait un numéro extraordinaire. Il tape sur la tête du crocodile pour qu'il ouvre la gueule et il fait :

– Et maintenant, mesdames et messieurs, regardez bien !

Le crocodile ouvre un four comme ça et le mec baisse son pantalon, baisse sa culotte et met son trois pièces cuisine dans la gueule du crocodile. Et alors le dompteur demande :

– Est-ce que quelqu'un veut essayer ?

Et là il y a un mec qui lève le doigt et qui dit :

– Moi je veux bien, mais ce n'est pas la peine de me taper sur la tête.

☆

Vous connaissez la définition :

– Qu'est-ce que l'on appelle une vierge aujourd'hui ?

– C'est une petite fille qui a cinq ans, qui est très laide et qui court vite.

☆

Pour piéger une fille qui est naïve, il faut lui raconter l'histoire de la souris et du rat dans le bocal. Voilà. Par exemple tu as affaire à une Ginette, et tu lui dis :

– Je vais te raconter l'histoire du rat et de la souris dans le bocal. Alors voilà, c'est une souris et un rat qui sont dans un bocal, et puis la souris elle en a marre. Alors le rat lui fait :

– Tu en as marre, petite souris, hein, tu voudrais sortir ?

– Oh oui, je voudrais sortir du bocal mais je ne sais pas comment on fait.

Et le rat lui dit :

– Écoute, c'est simple, si tu es très très très gentille avec moi, tu vois ce que je veux dire, je t'expliquerai comment sortir.

– Ah bon, je n'ai pas le choix, alors, d'accord.

Et la petite souris fait alors tout ce que veut le rat, et Dieu sait ce que veulent les rats. Mais c'est la loi de la jungle.

Alors la souris lui fait :

– Bon, eh bien maintenant, comment on sort, alors comment on sort ?

Et le rat lui dit :

– Je t'ai fait marcher, je ne sais pas comment on sort du bocal, en réalité, je n'en sais rien.

– Salaud ! Profiteur ! Escroc !

Et le rat lui fait :

– Non, non, écoute, écoute, ne t'inquiète pas. En réalité, je sais comment on sort du bocal mais il faudrait quand même une deuxième fois être gentille avec moi.

La souris accepte ! Le rat re-copule ! Et là, la souris sort du bocal !

Et alors là, normalement, la Ginette va demander :

– Oh là là, mais comment elle a fait, aow ?

Et là tu réponds :

– Je veux bien te le dire mais il faut que tu sois très très très gentille avec moi.

☆

Ça se passe en classe. C'est une institutrice qui n'a pas de bol, il y a un inspecteur qui arrive. Et c'est toujours embêtant quand il y a un inspecteur, parce qu'il faut que la classe soit mieux ce jour-là que les autres jours. Et l'inspecteur fait :

– Bonjour, Mademoiselle, c'est pour une inspection académique, je vais me mettre dans un coin, faites votre cours comme si de rien n'était.

– Bon, j'étais en train de faire un cours de morale, justement, sur les considérations générales de la vie. Dédé, dis à Monsieur l'inspecteur ce que tu voudrais faire quand tu seras grand !

– Moi je voudrais être mécanicien, eh con ! Parce que j'adore la mécanique, j'ai des petites voitures et chez moi, c'est moi qui les remonte, c'est moi qui les trafique, je veux être mécanicien.

– Vous voyez, Monsieur l'inspecteur, on a de tout, il y en a qui sont tentés par les travaux manuels. Et toi, mon petit André ?

– Ah, bah moi, je veux être menuisier parce qu'à la maison, pour Noël, j'ai eu un petit établi avec la varappe, la varlope, l'escalope, enfin tout pour fabriquer de petits meubles...

– Vous voyez, ils sont plutôt manuels, mais enfin, c'est un collège technique. Et toi ?

Celui-là, c'est un qu'est au fond et dont elle se méfie un peu mais enfin...

– Moi, quand je serai grand, je vais avoir le corps couvert de poils.

Là, la prof est un peu consternée quand même.

– Comment ça, comment ça, couvert de poils ?

– Ouais, ouais, je vais avoir le corps couvert, mais plein plein, plein, plein de poils des pieds à la tête, même sur le bout des pieds. Plein de poils.

– Je ne comprends pas, mais pourquoi ?

Il fait :
– Parce que ma sœur elle en a juste un petit peu en bas et tu verrais le pognon qu'elle gagne !

☆

Quand on joue aux cartes, c'est très agaçant d'avoir quelqu'un dans son dos qui fait des réflexions. Il y a des petits pépés qui sont très spécialistes de ça. Là, ça se passe dans un bar où on joue à la belote, et il y a toujours un pépé qui vient, qui passe entre les joueurs et qui fait :
– Ah, putain, c'est mal joué, ça ! Et non, je n'aurais pas sorti la dame !
Et les joueurs en ont marre, il n'arrête pas de faire des commentaires. Ils se disent bon, demain, on va l'avoir, on va faire semblant de jouer à un truc mais il n'y aura pas de règle. On va inventer un truc auquel il ne comprendra rien et il ne pourra rien dire.
Et le lendemain, quand le pépé arrive, les trois joueurs sont là. Il y en a un qui prend la salière, et il fait :
– Salière, vert pomme !
Celui qui est en face prend une fourchette et fait :
– Ah, salière, vert pomme, alors je te réponds fourchette, 18 avril.
Et le troisième fait :
– Oh la la, vert pomme, qu'est-ce que tu as dis, toi ?
– Fourchette, 18 avril.
– Attends, attends, ah la la !
Il prend le pot de moutarde et fait :
– Alors moi, je contre-attaque. Moutarde, mai 68 !
Il y a le pépé qui fait :
– Putain, alors ça, c'est mal joué !

☆

Ce sont deux Sénégalais qui se rencontrent, il y en a un qui dit :

– Dis donc, tu ne sais pas la dernière ?

L'autre :

– Non, non. Je ne sais pas !

– Je viens d'avoir un enfant pour moi-même ; à la naissance, il pesait quinze kilos.

– Quinze kilos ! C'est impossible !

– Si, si, il pesait quinze kilos à la naissance, mais maintenant tout va bien, il ne pèse plus que trois kilos.

– Comment avez-vous fait ?

– Mais rien du tout, on l'a fait circoncire. Mmouiii !!!

☆

C'est deux pépères qui sont sur un banc ; il y en a un qui fait :

– Ahhh, tiens, Benoît, comment tu fais pour être en forme à ton âge ?

L'autre lui fait :

– Ahhh, j'ai une vie bien réglée. À six heures, je fais ma petite commission. À sept heures, je fais ma grosse commission.

L'autre lui demande :

– Et à huit heures ?

– À huit heures, je me lève.

☆

C'est un mec qui va voir le docteur et le docteur lui fait :

– Combien vous avez d'enfants ?

– Combien j'ai d'enfants, moi ? J'en ai dix-huit.

– Dix-huit enfants ! Avec la même ?

– Oui, avec la même, mais pas avec la même femme !

☆

C'est Bruno Tortellini ; il aime bien se raconter, se vanter auprès des filles. Il rencontre Ginette au bistro. Il lui fait :

– Ecco, Ginette, tu sais cé qué j'ai fait l'autre soir ?

– Ah non, je ne sais pas, raconte, Bruno, de toute façon je t'adore, aow !

– Jé suis rentré dans un bistro et j'ai fait un concours de quéquettes.

– Oh là là, de quéquettes, aaoowwh !

– Si, si, avec les mecs, ils étaient tous bourrés et ils ont dit : « Si on faisait tous un concours de quéquettes ? »

Elle fait :

– Oh là là ! Mais... mais tu ne l'as pas sortie ?

– Mamma mia ! Non, non, juste un tout petit peu, pour gagner...

☆

Ce sont deux petits vieux qui sont en train de discuter dans un café. Il y en a un qui dit :

– Eh bien, avec ma femme, tu vois, on a eu une vie intéressante ; quand on a gagné assez d'argent avec notre commerce, on a retiré nos économies de la Caisse d'épargne et on s'est acheté une petite maison pour se retirer à la campagne. Et puis après j'ai eu une bonne retraite alors on a fait des économies, on a retiré nos économies et puis on s'est retirés dans une autre maison à la campagne, on était heureux. Le seul regret que l'on a, c'est que l'on n'a jamais eu d'enfant.

Et l'autre fait :

– C'est normal, à force de se retirer.

☆

C'est un cannibale qui va à la mairie déclarer la naissance de sa petite fille. Alors l'employé lui fait :

– Comment vous voulez l'appeler ?

Il fait :

– Avec un couteau.

☆

Ce sont deux petits Marseillais qui regardent la Vénus de Milo, et il y en a un qui fait :

– Dédé, tu vois ce qu'il t'arrivera, Fache de Nine, si tu continues à te ronger les ongles, heing ?

☆

C'est une dame qui est martiniquaise ; elle rentre dans un magasin de parfums, et alors elle demande :

– Je voudrais de la pou de i.

Le vendeur lui répond :

– Excusez-moi, je n'ai pas très bien compris.

– Je voudrais de la pou de i !!!

– Excusez-moi.

Il va voir le directeur et il lui dit :

– J'ai là une dame qui veut de la poudehie.

Le directeur :

– Eh bien elle est martiniquaise, voilà tout ! Elle ne prononce pas les « r ». Ce qu'elle veut c'est de la poudre de riz !

Alors le vendeur fait :

– Ah bon !

Il retourne près de sa cliente et, deux secondes après, le directeur arrive :

– Alors, elle n'est plus là, votre Martiniquaise ?

– Non, non, elle s'est enfuie parce que je lui ai proposé de voir mes houppettes.

☆

C'est un Monsieur qui va marier sa fille et il dit à son gendre :

– Bon, vous savez tout sur ma fille, mais il faut quand même que je vous apprenne un détail...

Le futur gendre :

– Oui, quoi donc ?

– Eh bien ma fille est glabre.

– Elle est glabre ? Qu'est-ce que vous entendez par là ?

– Je veux dire qu'elle n'a pas de poils, elle n'a de poils nulle part.

Et le gendre caresse sa barbe et dit :

– Eh bien ce soir elle en aura !

☆

C'est une vieille dame qui est concierge. Elle va voir le père Favier :

– Mon père, vous avez une minute ? Il faut que je me confesse.

– Je vous en prie, ma fille. Entrez dans le confessionnal.

Elle entre et elle fait :

– Voilà, hier soir, mon père, je ne sais pas comment vous dire ça, j'ai fait l'amour avec mon mari.

Le père Favier lui dit :

– Mais ça, ma fille, ce n'est pas un péché.

– Non, mais pour une fois que ça arrive, il fallait bien que je le raconte à quelqu'un.

☆

Un couple de Belges visite un musée. À un moment, le mari est fatigué ; il y a un siège et il s'assoit. Le guide arrive et fait :

– Mais enfin, Monsieur, je vous en prie, vous êtes assis sur le siège d'un héros...

Le Belge répond :

– Eh bien je lui rendrai quand il reviendra, ce n'est pas grave, une fois...

Deux secondes après il s'arrête devant une momie. Vous savez, sur les momies, il y a des inscriptions comme ça, et alors la femme elle déchiffre et lui fait :

– Ah, dis donc, Jef, qu'est-ce que ça veut dire, 1625 av. J.-C. ?

Le mari il fait :

– C'est sûrement le numéro de la voiture qui l'a écrasée.

☆

C'est un explorateur qui arrive au pôle Nord en bateau. Comme dirait Nicolas Hulot, le paysage est magnifique, la mer est liquide, les arbres sont en bois... Et qu'est-ce qu'il voit ? Qu'est-ce qu'il voit sur un iceberg en plein milieu de l'océan Arctique, qu'est-ce qu'il aperçoit ? Un Sénégalais tout nu sur une banquise. Alors là, ethniquement, c'est bizarre.

Alors il prend un porte-voix et il lui fait :

– Pardon, monsieur : Esquimau ?

Et l'autre lui fait :

– Non, non ! chocolat glacé !

☆

Ce sont deux copains qui se rencontrent dans un quartier que tu connais bien, ce n'est pas très loin d'ici.

– Maurice !
– Qu'est-ce qu'il y a ? Qu'est-ce qu'il y a mon fils ?
– Tu peux me prêter mille balles ?
– Aïe, aïe, aïe mon fils, mais je ne les ai pas !
– Et à la banque ?
– À la banque ? Je ne les ai pas !
– À la banque tu ne les as pas ? Et dans ton portefeuille ?
– Je ne les ai pas, mon fils, je te jure, je ne les ai pas.
– Et chez toi ?
– Chez moi ? Tout le monde va bien. Merci ! Grâce à Dieu.

☆

C'est un monsieur qui va voir le docteur Jacquot et il lui dit :
– J'ai un très grave problème, docteur, je suis trop intelligent. Voilà. Je suis trop intelligent.
– Écoutez, je vais examiner votre « Q.I. », dit le docteur Jacquot.
Il l'examine et, effectivement : deux cent cinquante de « Q.I. » ! C'est énorme. Alors il dit :
– Écoutez, je vais vous en enlever un peu.
Il lui branche des électrodes et le mec redescend à cent cinquante.
Le docteur Jacquot fait :
– Et là, ça va ?
– Non, à cent cinquante, je suis toujours trop intelligent, ce n'est pas possible, essayez plus bas.
– Écoutez, je vais voir. Cinquante...
Il le met à cinquante, le mec se réveille à cinquante et il fait :
– Non, non, je me sens encore trop intelligent, non, non, ce n'est pas possible, ce n'est pas possible.
Alors le docteur Jacquot en a marre :

– Écoutezzzz, je vais foutre le manomètre à zéro, et là, on va bien voir.

Et il met le truc sur zéro, et le mec se réveille à zéro.

Le docteur Jacquot lui demande :

– Alors, vous vous sentez toujours aussi intelligent ?

Et là, le mec lui fait :

– Vos papiers !

☆

C'est la femme de Maurice. Elle va voir le docteur Jacquot pour une consultation personnelle. Parce qu'il y a des choses que l'on ne peut raconter qu'à son médecin, ma fille ! Alors elle va voir le docteur et elle lui dit :

– Docteur, je ne comprends pas. Mon mari, ça fait deux ans maintenant, je ne sais pas ce qu'il a, peut-être les soucis du magasin, mais il ne me touche plus. Alors, qu'est-ce que je deviens, moi ? Je ne suis pas encore veuve, non ? Je n'ai pas encore hérité, non ? Alors, qu'est-ce que je peux faire ?

Le docteur lui dit :

– Écoutez !

– J'écoute, mon fils, j'écoute !

– Écoutez ! Je vais vous donner ce produit, ça ressemble à de la moutarde, c'est en réalité un aphrodisiaque thaïlandais très puissant. Alors vous allez justement le diluer dans la moutarde, vous en mettrez un petit peu ce soir sur la viande de votre mari et je vous garantis le résultat.

– Ah, c'est une bonne idée, ça marche, alors ? Qu'est-ce qu'il va faire, il va me sauter dessus ?

– Vous verrez, vous ne serez pas déçue.

Alors elle rentre et le soir elle fait une choucroute. Une choucroute avec des saucisses pour que son mari mette de la moutarde, effectivement. Elle met déshabillé, son plus beau déshabillé, le plus dis[illegible], en soie orange, avec des pourtours violines, discret, quoi... Et son mari rentre dans la cuisine, il mange la choucroute et elle attend, elle attend, elle attend, et au bout d'un moment elle entend un hurlement dans la cuisine, il y a son mari qui arrive :

– Mauricette! Mauricette! Tu ne sais pas ce qui se passe ? Tu ne me croiras pas !

– Qu'est-ce qui t'arrive, mon chéri ?

– Tu ne me croiras pas ! Écoute, Mauricette, je rêve ou quoi ? Chaque fois que je mets de la moutarde sur une saucisse, elle fonce dans le cul du chien !

☆

C'est notre brave Poulossière, notre bon paysan, au bistro ; il est en plein délire et un copain lui dit :

– Eh, eh, eh, eh, qu'est-ce qui t'arrive, mon gars ?

Il dit :

– Bah, hier, comme tous les jours, je suis rentré dans la grange pour traire la vache, alors j'arrive avec mon tabouret, je pose le seau en dessous du pis de la vache et, au moment où je vais la traire, cette garce de vache, ne v'là t'y pas qu'elle me met un grand coup de sabot dans la gueule, dis ! Elle est dangereuse, la Roussette ! Alors j'te lui tire une tarte sur le mufle, je lui dis : « Tu te tiens tranquille, saloperie, le temps de te traire ! » Je commence à lui tripoter le pis pour que le lait tombe bien dans le seau, v'là t'y pas qu'elle me refout un coup de sabot dans la gueule, dis donc. Oh, mais elle est dangereuse, la Roussette ! Nom de Diou ! Alors comme je ne voulais pas me laisser faire, je me dis, je vais lui attacher les pattes. Mais je n'avais pas de ficelle. Alors j'ai pris les bretelles que j'avais sur moi pour attacher les pattes de la vache. À ce moment-là mon pantalon est tombé sur mes chaussures et ma femme est rentrée. Et elle n'a jamais voulu me croire !

☆

C'est Ginette qui va se marier avec Jean-Loup et comme elle est d'une famille très croyante et très pratiquante, elle va se confesser avant, parce que ça se fait encore dans ces familles-là. Alors elle va voir le père Favier :

– Alors parlez-moi de votre vie de jeune fille, avant de rentrer de plain-pied, si je puis me permettre, dans la vie de femme.

– Eh bien, écoutez, mon père, je fais ma prière matin et soir, aow !

– Oh, c'est très bien, mon enfant, c'est très très bien !

– Et puis mon père, je vais à la messe et je vais aux vêpres tous les dimanches, aow !

– Oh ! Ça c'est fort bien, mon enfant !

– Et puis mon père, aow... je n'ai jamais rien volé à personne.

– Oh, c'est encore mieux !

– Mon père, je n'ai jamais dit du mal des autres – aow !

Alors là, le père Favier n'en revient pas et il dit :

– Mais ma fille, c'est merveilleux, vous vivez en sainte !

Elle fait :

– Oh là là, oui : depuis six mois !

☆

– Tu sais pourquoi il n'y a pas de fantôme en Suisse ?

– Tu as déjà vu un Suisse avoir de l'esprit, toi ?

☆

C'est un Belge qui avait juré qu'on ne remarquerait plus qu'il était belge. Il avait pris des cours pour perdre son accent, et il disait à son copain :

– Tu vas voir, on va aller à Paris, je vais entrer dans un tabac, je vais acheter des cigarettes, tout le monde me prendra pour un Parisien.

Et effectivement, il a travaillé son accent pendant des années. Un jour, à Paris, il entre dans un tabac et dit :

– Bonjour, Monsieur, je voudrais un paquet de gauloises filtre.

Et le mec lui fait :

– Vous êtes belge, vous ?

– Ah bon, à quoi vous le voyez ?

– Ici, vous êtes dans un garage.

☆

C'est un fermier. Il est embêté parce que son coq est mort. Alors il va voir un fournisseur à la ville et il lui dit :

– Est-ce que vous auriez un bon coq ?

L'autre fait :

– Ah, on a un truc super, vous allez voir.

– Quoi, qu'est-ce que c'est ?

Alors il lui sort un petit coq ridicule, tout noir, avec une crête minable. Le fermier dit :

– C'est quoi, ce truc-là ? Mais c'est un poussin que vous me donnez là !

– Ah non, non, Monsieur, c'est un coq du Japon ; vous allez voir, c'est très vigoureux, vous serez surpris.

– Ah bon.

Alors le fermier rentre à la ferme, il met le coq dans la basse-cour, le coq effectivement se jette sur les poules et tacatac, tacatac, toutes les poules et après hop ! il passe dans le truc d'à côté, les oies, tacatac, tacatac, tacatac, après, hop ! les lapines, on ne l'arrête plus, tacatac, tacatac, tacatac, puis il se précipite sur la vache, après il recommence les poules, encore les oies, encore les lapines, encore la vache, ça dure toute la journée, et à la fin il fait :

– Cocorico !

Et paf, il tombe raide.

En l'air, il y a une buse qui voit le cadavre du coq, elle commence à planer, elle descend, le fermier prend son fusil :

– Ah non, saloperie de buse ! Tu n'auras pas mon joli coq !

Et là, le coq ouvre un œil et lui dit :

– Si, si, laisse-la descendre, laisse-la descendre !

☆

Ce sont deux vieilles filles qui discutent en prenant un thé. C'est Madame Grinder et Madame Saillard. Vous savez, ce sont ces vieilles filles un peu coincées, très mal intentionnées généralement, qui sifflent un peu en parlant.

– Ah la la, pendant la guerre, au moins, il y avait moins de Noirs. Chchch...

Alors il y en a une qui dit :

– Voilà vingt ans que tous les soirs, je regarde sous mon lit dans l'espoir d'y trouver un homme dissimulé. Eh bien vous savez ce que je vais faire, Madame Grinder ? J'ai pris une grande décision, je vais acheter un deuxième lit.

– Pour quoi faire, chchch ?

– Pour doubler les chances !

☆

C'est Madame Grinder qui est morte, la pauvre. Elle arrive au paradis et saint Pierre lui ouvre, alors elle lui dit :

– Bonjour, est-ce que vous ne pourriez pas me dire, par hasard, chch, si mon mari est là, chchch ?

Et saint Pierre lui dit :

– Votre mari ? Comment s'appelle-t-il ?

– Il s'appelle Albert Grinder, chchch...

– Albert Grinder, Grinder, comment est-il, il n'a pas un signe caractéristique ? Comment je peux le reconnaître ?

– Ah bah non, il n'a rien de spécial, chchch ; seulement, quand il est mort, il m'a dit qu'il se retournerait dans sa tombe chaque fois que je le tromperais, chchch !

– Ah ! Mais on le connaît très bien, Albert Grinder ! Ici on l'appelle la toupie !

☆

C'est Ginette qui est allée à une soirée costumée. Quand elle revient, sa mère – Madame Grinder – lui demande :

– Alors, ma chérie, c'était bien, cette soirée ?

Ginette répond :

– Oh là là, c'était super ! J'ai dansé avec un mec génial, aow ! Il était déguisé en Adam.

Sa mère :

– En Adam ? Et alors?

– Eh bien maman, maintenant je sais ce que ça veut dire « être dur de la feuille », aow !

☆

C'est François Mitterrand qui visite une exposition de peinture en compagnie de Jack Lang ; ils sont là, ils passent devant les tableaux et François Mitterrand (qui s'y connaît, c'est un homme érudit et ami des arts) s'écrie tout à coup :

– Ah ! Ah ! C'est extraordinaire ! C'est un Chagall !

Et Lang lui fait :

– Absolument, c'est un Chagall, il est merveilleux ! C'est chié ! C'est kitch !

Ils passent devant un autre tableau :

– Ah là, là, ça ! Extraordinaire, c'est un Delacroix !

– C'est ça ! Quel discernement, quelle classe ! C'est chebran ! Bêêê !!

Après Mitterrand passe devant un autre tableau et fait :

– Ça, là, c'est un Picasso ?

– Non, non, pas du tout, Monsieur le Président. Bêê ! c'est un miroir !

☆

C'est un cow-boy qui vient de se marier. Il fait son voyage de noces à cheval, c'est-à-dire qu'il prend sa jeune femme en croupe, puis il rentre à la maison, et là le cheval fait un écart. Le cow-boy dit :

– Un !

Un peu plus loin, le cheval fait encore un écart. Le cow-boy dit :

– Deux !

Encore plus loin, le cheval fait un troisième écart, là le cow-boy dit :

– Trois !

Il prend son revolver et il tue le cheval. Sa femme fait :

– Ah ! Mon amour ! Tu n'aurais pas dû le tuer. Une si belle bête ! Il me semble que tu n'aurais pas dû !

Le cow-boy regarde sa femme et il fait :
– Un !

☆

C'est Maurice qui est convoqué par le docteur. Eh oui ! Le docteur Jacquot, 12, rue de l'Abbé-Achevé, lui a demandé de venir le voir et il lui dit :

– Écoutez, Monsieur Maurice, votre femme est enceinte...

– Pas possible ! Ma parole !

– Elle est enceinte effectivement, je peux vous le confirmer ; l'ennuyeux, voyez-vous, c'est qu'elle est atteinte aux poumons !

Et alors là, le Maurice :

– Ah là là, docteur, sur ma vie, vous me flattez !

☆

Figurez-vous que Ginette est enceinte, elle aussi... Elle prend le métro et en face d'elle il y a un ventriloque très très farceur qui décide de lui faire une petite blague. Alors Ginette est là, en train de bouquiner, quand elle entend une petite voix qui lui fait :

– Maman ! Maman, tu m'entends ?

Alors Ginette :

– Ah là là, qu'est-ce que c'est, aow ??

– Maman ! Oh, maman, tu m'entends ?

– Je me fais un film ? Non, mais je rêve ? C'est toi mon petit bichon ? Mon petit esturgeon d'amour, aowww !?

Et le ventriloque continue :

– Oui ! C'est moi, maman !

– Oh là là, mais c'est incroyable, aow !

Elle dit au ventriloque :

– Mais vous avez entendu ? Il y a mon bébé qui me parle de l'intérieur !

Et le mec lui dit :

– Bah, oui, oui, effectivement.

– Oh là là, mais qu'est-ce qu'il veut ?

– Eh bien, je ne sais pas, demandez-lui.

– Qu'est-ce que tu veux, mon chéri, aow !

Et là, le ventriloque :

– Je veux serrer la main du Monsieur !

☆

C'est un petit garçon qui demande à ses parents la façon dont naissent les bébés. Les parents ne sont pas très originaux dans ces cas-là, ils donnent toujours les mêmes réponses. Le papa dit :

– Les papas sont nés dans les choux-fleurs et les mamans c'est dans les roses, mon chéri.

Alors le môme réfléchit toute la journée ; les choux-fleurs, les roses, il se dit : « C'est pas possible. » Le soir il rentre, il y a la porte de la chambre des parents qui est entrouverte (ils sont en train de tiguidi crac-crac) et le gamin fait :

– Alors les vieux, on jardine ?

☆

C'est le père Favier qui invite chez lui quelques collègues du diocèse ; ça arrive que les curés s'invitent entre eux, il ne faut pas croire que ces gens-là se privent de tout. Surtout à l'approche de Noël. Et il y en a un qui raconte une devinette : « Quelle différence y a-t-il entre un curé et un sapin ? Eh bien il n'y en a pas, les deux ont des boules juste pour décorer ! »

☆

Toujours en quête de nouvelles aventures parce qu'elle est un petit peu portée sur la chose, Ginette se fait aborder par un dragueur professionnel un petit peu italien, Bruno Tortellini. Ginette est tentée, mais elle a un petit problème ; vous savez, ce fameux problème qui arrive à toutes les femmes tous les mois... Alors Bruno lui fait :

– Ecco ! poupée, je ne te plais pas ? Je ne suis pas ton genre ?

– Oh là là, ce n'est pas ça, si, tu me plais vachement, aow, y a pas à dire, c'est pas ça ! Mais comment t'expliquer ? Eh bien voilà, bon, écoute ; je te le dis comme ça, voilà, j'ai mon cycle.

Et Bruno lui dit :

– Ça fait rien, je te suivrai, moi j'ai la mobylette !

☆

Ça se passe à Monaco, dans une épicerie ; il y a une jeune fille qui entre avec des lunettes noires et qui demande :

– Il vous reste des tomates ?

La marchande dit :

– Oui, bien sûr.

– Je voudrais acheter tout le stock.

– Tout le stock de tomates ?

– Oui, tout le stock !

– Mais pourquoi ?

– Mais parce que ce soir, je vais au concert de Stéphanie de Monaco.

L'épicière fait :

– Oh, écoutez, ce n'est pas gentil !

– Non, mais c'est prudent : Stéphanie de Monaco, c'est moi !

☆

C'est un Monsieur, il est dans un bar à Pigalle et il a envie d'aller faire ce qu'il est coutume d'appeler... Comment dirais-je ? Une grosse commission. Il rentre dans les W.-C., il s'assoit sur la lunette, et juste en face, il y a un poster qui représente une dame toute nue. Et à la hauteur des yeux de la dame, il y a marqué : « Regarde mes beaux yeux ! » Le mec est là, il est assis sur la lunette, il se fait :

– C'est amusant, c'est rigolo.

Au-dessous il est marqué : « Zieute mes jolis seins ! » Alors le mec se dit :

– Ils sont cons ! C'est amusant, c'est rigolo.

Et puis alors, un petit peu plus bas, vous voyez où, il y a quelque chose d'écrit mais en tout petit. Le mec est assis sur la lunette mais il n'arrive pas à lire, alors pour déchiffrer il se lève, et là il y a marqué : « Va t'asseoir, tu vas faire à côté, grand con ! »

☆

Ça se passe du côté de Disneyland et vous savez qu'aux abords de Disneyland, il y a quand même des péripatéticiennes. Il y en a deux qui se rencontrent, et il y en a une qui fait :

– Ça n'a pas l'air d'aller, toi ?

– Ah, ne m'en parle pas, j'ai la gueule de bois.

– Comme ça se fait ?

– J'ai fait une pipe à Pinocchio.

☆

C'est l'histoire de Pinocchio. Il y a un truc que l'on ne sait pas, c'est que Gepetto, son papa, avait une voisine. C'était une Ginette. Une Ginette célibataire qui n'était pas très belle, elle n'avait pas de mec et un jour, pendant que Gepetto était allé faire ses commissions, qu'est-ce qu'elle fait, la Ginette ?

Elle kidnappe Pinocchio. Elle l'emmène chez elle, elle s'assoit sur son visage et elle dit :

– Oh là là, vas-y, dis-moi des mensonges – aowww !!!

☆

C'est un cirque qui traverse la campagne. Il y a une cage qui s'ouvre et un zèbre s'évade dans les champs. Tout à coup il voit une vache et lui dit :

– Ah, bonjour Madame, je n'ai jamais vu des animaux comme vous, vous êtes quoi, vous ?

– Je suis une vache.

Et à quoi vous servez ?

– Ben de temps en temps on me tripote un peu les seins, ça donne du lait, enfin voilà. Je sers à ça, je donne du lait.

– Ah bon ? Je n'avais jamais vu ça.

Et puis il voit une chèvre et il lui fait :

– Ah, bonjour, vous êtes quoi comme animal ?

– Bééééé, je suis une chèvre, et moi également on me tripote un petit peu la poitrine et ça donne du fromage, voilà, je sers à ça.

– Alors ça c'est étonnant, fait le zèbre, je n'avais jamais vu des animaux comme ça.

Et puis il voit un taureau.

– Bonjour Monsieur, et vous, vous servez à quoi ?

Et le taureau lui fait :

– Enlève ton pyjama, tu vas voir un peu à quoi je sers !

☆

C'est Eugène Poulossière. Eugène Poulossière il est métayer, il a une grosse ferme, il a même un troupeau avec une centaine de bestiaux, ce sont des chèvres. Et justement, c'est le moment de la transhumance : il faut rester un mois dans la montagne pour faire paître les bestiaux. Alors il dit à son neveu :

– Eh bien, mon petit gars, tu vas rester un mois dans la cabane là-haut sur la montagne avec le troupeau, cré bon gu ! Il faut que tu restes un mois entier dans la montagne avec les chèvres ; c'est un peu dur, il y a la solitude et le froid, mais enfin, il faut bien garder les bêtes, mon gars !

Le neveu lui répond :

– S'il faut rester un mois dans la montagne avec les chèvres sans rien, sans télévision, sans mobylette, la zone ! Et surtout pas de nana !

Et au bout d'un moment, il commence à regarder une petite chèvre qui tous les matins passe en faisant béhéhéhéhé, béhéhéhéhé.

Et lui il est là, il hésite, elle est tellement belle. Et puis finalement un jour, le neveu n'y tient plus ; il enlève son pantalon, il attrape la chèvre par les cornes et la chèvre, qu'est-ce qu'elle fait, elle fiche le camp. Alors lui, il se cramponne à la chèvre et il traverse tout le village comme ça. Et là il y a une mémère en train de tricoter sur le pas de la porte qui lui fait :

– Ah, bah, c'est bien les jeunes, ça ! Regardez-moi ça ! Ça roule en moto et ça n'a même pas de quoi se payer un pantalon !

☆

C'est le pape qui meurt mais il ne se fait pas trop de souci. Il se dit :

– Bon, eh bien je vais aller au paradis, je suis le pape, il n'y a pas de problème, je dois avoir ma carte du club et tous mes trucs pour faire des chèques.

Alors il sonne à la porte du paradis, et là il y a saint Pierre qui arrive :

– Oui, c'est pour quoi ?

Et le pape dit :

– Mais enfin, mon ami ? Vous ne me reconnaissez pas ?

– Ah non, vous savez on voit passer tellement de monde, ici ! Non, je ne vois pas du tout qui vous êtes.

– Enfin mon ami, je suis le pape.

– Le quoi ?

Alors le pape est étonné, il fait :

– Enfin, comment ça, le quoi ? Voyons, je suis le pape !

Et il y a saint Pierre qui fait :

– Ah là là ! Ah ouais, ouais ! Hé, Seigneur !

Et Dieu répond :

– Oui ?

– Vous vous rappelez le petit fan-club que l'on avait créé il y a deux mille ans, il paraît que ça marche encore !

☆

C'est Ginette qui est invitée avec Jean-Loup à une pizza-party chez les Tortellini. Elle veut se faire belle, alors elle essaie un tailleur et elle emmerde le vendeur, parce qu'il n'y a pas plus emmerdant qu'une Ginette faisant des essayages.

– Ah là là, dites, vous ne trouvez pas que ça me fait un gros cul ?

L'autre :

– Non, non, non, je vous assure, de toute façon, on n'y peut plus rien, c'est pas...

– Ah ouais, mais là, quand même, aow ! Vous ne pouvez pas me mettre des pinces ? Et là, vous ne trouvez pas que le décolleté est trop profond ?

– Le décolleté est trop profond ?

– Moi, je trouve, aow !

– Attendez...

Alors le mec se penche un peu, il regarde et il fait :

– Attendez, excusez-moi, vous avez des poils sur la poitrine ?

– Ah non, non, pas du tout.

– Alors vous avez raison : le décolleté est trop profond.

☆

C'est un monsieur qui va voir le docteur Jacquot, et il lui demande :

– Voilà, docteur, je ne comprends pas, je suis brun, ma femme est brune et on a eu un enfant rouquin. Vous trouvez ça normal, vous ?

– Écoutez ! Est-ce que vous avez des rapports fréquents avec votre dame ?

– Fréquents ? Non, pas tellement.

– Qu'est-ce que vous entendez par là ? Une fois par mois ?

– Une fois par mois ?

– Non, même pas.

– Une fois tous les trois mois ?

– Ah non, disons une fois tous les six mois.

Et le docteur Jacquot fait :

– Ne cherchez plus, c'est la rouille.

☆

C'est Jean-Loup qui rentre du travail :

– Salut, ma poule ! Il est où, le petit ? Ta ta ta !

– Oh là là, je ne sais pas, il doit être dans la salle de bains.

Il monte pour embrasser son fils de six ans et qu'est-ce qu'il voit ? Le gamin dans la salle de bains qui est en train de se tripoter le trois-pièces cuisine. Alors Jean-Loup lui met une tarte :

– Eh, tu n'as pas honte, espèce de petit dégueulasse ? Moi, à ton âge, je ne pensais pas à ça ! Ta ta ta !

Et Ginette lui fait :

– Tu as tort de le frapper tu sais, aow ! maintenant à l'école on leur fait de l'éducation sexuelle, ils sont vachement branchés sinon ils flippent, aow !

Alors là Jean-Loup dit à son fils :

– Bon, eh bien alors excuse-moi, ta ta ta ! quand tu auras fini tes devoirs on passera à table.

☆

Ça se passe dans un jardin. Sur une branche d'arbre il y a un bourgeon, un ver de terre, une mésange et un épervier, et au pied de l'arbre il y a une chatte qui regarde tout ce petit monde. Alors le ver de terre se dit :

– Tiens, je vais me taper le bourgeon.

Puis il réfléchit :

– Je vais attendre qu'il pleuve, parce que s'il pleut le bourgeon va grossir et j'aurai plus à manger. Alors j'attends qu'il pleuve un peu pour que le bourgeon grossisse.

Et la mésange se dit :

– Tiens, je vais me taper le ver.

Puis elle réfléchit :

– Je vais attendre que le ver ait bouffé le bourgeon comme ça il sera plus gros et je me taperai un plus gros ver, ce qui n'est pas con.

Et l'épervier se dit :

– Tiens, je vais me taper la mésange.

Puis il réfléchit :

– Non, je vais attendre que le ver soit plus gros parce que comme ça la mésange sera plus grosse et puis moi je me taperai une plus grosse mésange.

Et la chatte qui est en bas se dit :

– Je vais me taper l'épervier.

Mais elle réfléchit aussi :

– Mais attention, je vais attendre qu'il pleuve, parce que s'il pleut le bourgeon sera plus gros, donc, le ver sera plus gros, donc la mésange sera plus grosse et l'épervier qui aura bouffé les trois sera plus gros, donc j'aurai plus à manger.

Et là, il se met à pleuvoir. En effet le bourgeon grossit, le ver se jette sur le bourgeon et le bouffe, la mésange se jette sur le ver et le bouffe, l'épervier se jette sur la mésange et la bouffe, mais, mais, mais, la chatte se jette sur l'épervier, la branche casse et la chatte tombe dans une énorme flaque d'eau.

Moralité : plus les préliminaires sont longs, plus la chatte est mouillée !

☆

C'est un fermier du Missouri, en Amérique, qui a entraîné dans la grange une jeune paysanne avec l'intention de la... Alors il arrive dans la grange, il baisse son pantalon et la fille un peu naïve lui fait :

– Ah ! Qu'est-ce que tu as sur le ventre ? C'est un serpent à sonnettes ?

– Oui, ben ne t'inquiète pas, agite les grelots et tu verras bien qu'il est inoffensif !

☆

Des Ginette, il y en a partout. Il doit y en avoir dans les lycées, surtout en troisième. Ça commence tôt, quand on est Ginette, ça se voit même dès la cinquième. Vous savez, le genre :

– Ah là là, monsieur, je n'ai pas fait mon devoir, je flippe, aow ! je ne comprends rien en maths. Ah, je ne comprends rien. Qu'est-ce que c'est, un vecteur ? Ce n'est pas le mec qui porte le courrier, aow ?

☆

Ginette se promène dans la rue et il y a un mec qui la suit. Mais comme ça ne lui plaît pas qu'un mec la suive, elle se retourne et lui fait :

– Ah ça va, maintenant ! Non mais, qu'est-ce que ça veut dire, aow ! Y en a marre ! Vous n'allez pas me suivre jusqu'à chez moi, 612, rue des Lombards, Paris 1er, deuxième étage porte gauche ?

☆

C'est un monsieur qui va à Mexico pour la première fois. Il sort en boîte, et là il rencontre une très belle, très très belle Mexicaine et tout, et il la ramène dans sa chambre d'hôtel ; mais malheureusement, comme il a un peu forcé sur la tequila, il s'endort. On ne peut pas boire et... il faut choisir. Le lendemain il se réveille quand même content et il dit à la jeune fille :

– Oh ! C'est la première fois que je couche avec une Mexicaine !

Et elle lui répond :

– C'est la première fois que je couche avec un mec si con !

☆

C'est un jeu télévisé. Guy Lux, le spécialiste des jeux télévisés, demande à une candidate :

– Première question ! Attendez, attention, concentrez-vous, quelle est la date de la bataille de Marignan ? C'est facile, c'est un cadeau !

Alors Ginette réfléchit.

– Ah là là, attendez, je réfléchis, ah la vache, 1515, aow !

– Eh bien bonne réponse, nous allons passer à la deuxième question, le deuxième joker, il suffit de barrer le huit pour obtenir le lapin, la poire et la carotte (c'est toujours très simple, les jeux de Guy Lux), quelle a été la première parole qu'Ève a dite à Adam ?

– Oh ! Je flippe ! Vous ne pouvez pas répéter ?

– Quelle est la première parole qu'Ève a dite à Adam ?

– Oh là là, c'est dur !

– Bonne réponse !

☆

C'est un petit garçon qui va voir un agent de police et qui lui dit :

– Pardon, monsieur l'agent, vous pouvez m'aider à aller faire pipi ?

Alors l'agent dit :

– Bien sûr, mon petit bonhomme.

Alors il lui défait sa petite braguette, il lui sort son petit bretzel, il attend et il lui fait :

– Bah alors, vas-y, mon petit bonhomme !

Et le petit garçon lui répond :

– Vous savez, je ne peux pas, parce que quand je fais pipi, ma maman me chante une chanson pour m'aider à faire pipi.

Alors l'agent lui fait :

– Bon d'accord, alors allons-y : « Au clair de la lune, mon ami Pierrot... »

Le petit garçon pleure et fait :

– Non ! Pas celle-là !

– Bah, pourquoi ?

– C'est la chanson pour faire caca !

☆

C'est une jeune paysanne qui met au monde un bébé noir. Elle fait :

– Ah ça c'est incroyable ! Qu'est-ce que je vais dire à mon mari, moi ?

Alors le docteur lui dit :

– Eh bien, écoutez, vous n'avez qu'à lui dire que le bébé a été allaité par une nourrice martiniquaise et ça passera très bien.

Le soir elle rentre et elle fait :

– Eh ! Ne t'inquiète donc pas, si le bébé est noir, c'est parce qu'on l'a allaité avec une nourrice martiniquaise.

L'autre s'énerve :

– Tu me prends pour un crétin ? Ça ne marche pas, ce genre de truc !

– Mais si, ça marche; regarde, toi, tu as été élevé au lait de vache : tu as bien des cornes !

☆

C'est un monsieur qui va à New York et dans l'avion il se retrouve à côté d'une dame. Alors comme le voyage est un peu long (ils n'ont pas pris le Concorde), ils discutent. Il lui demande :

– Qu'est-ce que vous faites, madame ?

Elle répond :

– Eh bien moi, je suis présidente du CNNF, c'est-à-dire que je préside le Congrès National des Nymphomanes Françaises.

Alors le mec dit :

– Mais c'est très intéressant, ça, et qu'est-ce que vous faites ?

– Eh bien on va à New York avec trente copines, toutes des nymphomanes, et puis on explique aux

Américaines ce que c'est que la nymphomanie à la française et tout ça.

Le mec fait :

– C'est bien, mais vous devez en connaître un rayon sur le plan...

– Ah ouais, on a essayé toutes sortes de mecs.

– Alors par exemple, les meilleurs amants, c'est qui ? Ce sont les Français ?

– Ah, bah, ça va vous étonner, il y a deux catégories, il y a les Indiens d'Amérique du Nord, on ne croirait pas, mais c'est le fait d'être toujours à cheval, avec les trépidations de la bête, surtout quand ils montent à cru.

– Ah oui, oui, j'imagine très bien, effectivement. Les Indiens d'Amérique du Nord, alors ça c'est curieux ! Et qui d'autre ?

– Eh bien on ne croirait pas non plus, généralement les juifs sont bons au plumard, ah ouais, ouais, on ne croirait pas, ils sont super bons, ils sont les meilleurs. Et vous, vous vous appelez comment ?

Il répond :

– Mon nom, c'est Géronimo Cohen !

☆

C'est un paysan qui va chez le docteur ; il ne se sent pas bien et il fait :

– Je ne sais pas ce qui m'arrive ; d'habitude, en me levant, je me sentais gaillard ; et là, depuis quelque temps, je ne sais pas, je suis fatigué.

– Eh bien écoutez, monsieur, je vais vous faire des analyses.

Alors le docteur lui fait quelques examens et lui dit :

– Écoutez, c'est simple, là, je crois que vous faites un petit peu de diabète.

– Qu'est-ce que ça veut dire, ça ?

– C'est-à-dire que probablement, cher monsieur, vous abusez un petit peu des bonnes choses, des choses nourrissantes... Tenez, regardez vos analyses, vous avez du sucre dans les urines.

– Du sucre dans les urines ?

– Oui, oui.

– Ah bah ça alors, salope de Germaine ! C'est donc par gourmandise.

☆

Ça se passe au bois de Boulogne. Derrière un arbre, deux tapettes sont en train de... mais alors avec un plaisir ! Et à ce moment-là, il y a une voiture de police qui arrive. Alors celui qui était devant fiche le camp tandis que les flics attrapent celui qui était derrière et lui disent :

– Qu'est-ce que vous faites là ?

– Eh bien j'étais en train de... monsieur l'agent, j'étais en train de faire pipi.

L'autre lui fait :

– Vous vous foutez de moi, avec une oreille dans chaque main ?

☆

Ça se passe à la campagne et c'est l'histoire d'Albert. Albert, c'est le petit jeune du bled et il est TUC, celui qui fait tous les travaux du village pour rien, quoi. Un jour il arrive avec un magnifique vélo ; il passe devant le café et là il y a un copain qui sort et qui lui fait :

– Eh ben dis donc, Albert ! Tu en as, une belle bicyclette, mon gars ! Dis-nous donc comment tu as fait pour avoir un beau vélo comme ça, racontenous donc...

– Bof, je ne sais pas comment j'ai eu ce vélo-là.

– Eh bien c'est un beau vélo ! Des beaux vélos comme ça, on n'en voit pas tous les jours. C'est le genre qu'on achète dans un grand magasin, c'est pas le vélo de tout le monde !

– Bon, j'vais t'dire... Tu connais la Marguerite ? La petite qui garde les moutons tout le temps sur le bas de la départementale ! Je passais à côté de la départementale, je me suis arrêté pour lui dire bonjour, à la Marguerite, et elle a dit :

– Assieds-toi donc à côté de moi, l'Albert, on va causer un peu.

– Je prends un coup de chaleur, elle me frotte le menton contre ses poils et elle me fait :

– Oh, Albert, Albert !

– Je lui dis : « Ce sont les premières chaleurs », et puis elle me fait :

– Viens, Albert, viens, nous serons mieux dans la grange !

– Et nous voilà partis tous les deux dans la grange ; v'là t'y pas que la Marguerite elle s'allonge dans la paille, elle enlève son chemisier, elle enlève son soutien-gorge à baleines qu'elle a acheté au BHV, v'là t'y pas qu'elle vire sa culotte renforcée avec des espèces de machins qui pendouillent de tous les côtés, v'là t'y pas qu'elle est complètement nue, la Marguerite, qu'elle s'allonge et qu'elle me fait :

– Albert ! Tu peux tout me prendre !

– Eh ben moi je lui ai piqué son vélo ! Hé !

☆

C'est un monsieur qui va voir le docteur Jacquot.

Il lui dit :

– Je viens vous voir parce que je ne me sens pas très bien.

– Écoutez, je vais vous examiner, mais apparemment il n'y a rien, vous avez l'air solide comme un chêne.

Et le monsieur :

– Eh bien justement, c'est le gland qui ne va pas !

☆

C'est Ginette et Jean-Loup qui veulent adopter un animal domestique. Comme ils ont passé le mois d'août à Messine en Sicile et que c'est très très beau, ils veulent acheter une chienne et l'appeler Messine en souvenir de leurs vacances.

Ne trouvant pas de chienne, ils achètent finalement un chien et décident de l'appeler Messin. Et un jour, prenant l'autobus avec son chien, Ginette demande au chauffeur :

– Ça ne vous gêne pas si je monte avec Messin ?

Le chauffeur lui fait :

– Et pourquoi pas ? Je monte bien avec mes couilles, moi !

☆

C'est un mec complètement bourré qui arrive dans une fête foraine et se dirige vers le stand de tir à la carabine, là où en tirant sur des pipes en terre on gagne des nounours et des trucs BHV des fois aussi.

– Je voudrais tirer à la carabine.

Le forain lui fait :

– Ah non, monsieur, non, non ce n'est pas possible, vous n'êtes pas en état de tirer.

– Eh bien merde, alors, je veux tirer à la carabine !

Le forain dit :

– Bon, eh bien écoutez, d'accord, mais alors attention ! Messieurs, Mesdames, vous vous couchez, tout le monde se couche !

Et il dit à sa femme :

– Germaine ! Couche-toi !

Et puis le forain se couche et le mec tire. Il casse quand même une pipe, il faut le faire. Et il gagne une petite tortue dans un sac en plastique.

Un quart d'heure après, il revient encore plus bourré.

– Je voudrais tirer.

Le forain se dit :

– Bon, tout à l'heure ça s'est bien passé, il n'y a pas de raison. On se couche, Messieurs, Mesdames, tout le monde à plat ventre ! Germaine, tu te couches aussi !

Le mec tire, il casse une deuxième pipe. Alors là le forain dit :

– Ça alors, c'est formidable ! Vous avez gagné un ours en peluche !

Et le mec fait :

– Non, non, je préférerais plutôt un sandwich, comme tout à l'heure.

☆

On raconte beaucoup d'histoires de théâtre mais celle-ci est vraie, c'est Sacha Guitry qui la racontait.

Un soir il jouait le rôle d'un monsieur à moustache. Il portait une moustache postiche et voilà qu'en plein milieu de la pièce, la moustache tombe. Il la ramasse, file vers les coulisses, essaie de la recoller : rien à faire. Alors Sacha Guitry revient sur scène, sans moustache. Pour justifier son départ en coulisses son partenaire demande :

– Qui était-ce ?

Et Sacha répond :
– Un raseur !

☆

C'est un Belge qui se marie, une fois... Alors tous ses copains vont dans une petite auberge pour faire la fête avec lui et puis, le soir, il quitte le repas un petit peu plus tôt, c'est normal, avec sa femme.

Le lendemain à six heures du matin il est déjà au bar, il prend son café et il y a un de ses copains qui lui fait :

– Alors, ta nuit de noces ?

Et il lui répond :

– Ah, eh bien dis, si j'avais voulu, une fois, j'aurais pu l'avoir !

☆

C'est un couple de Marseillais, monsieur Pastafagoule et sa femme. Monsieur Pastafagoule, sa femme elle s'appelle Zette ; elle se prénomme Josette mais il l'appelle Zette. Zette et son mari ont un copain qui s'appelle Robert et qui dort chez eux de temps en temps. C'est un ami de la famille mais Robert a quand même envie de s'envoyer Zette et il attend pour cela que son mari s'endorme. Alors il dit à Zette :

– Va voir s'il dort, va voir s'il dort !

Et elle lui dit :

– Comment je fais ?

Il lui répond :

– Ce que tu fais, ce que tu fais, bonne mère ! Tu lui arraches discrètement un poil du cul ; s'il dort, il ne va pas se réveiller.

Et Zette elle y va et hop ! elle arrache un poil au derrière de son mari et elle fait :

– Il ne s'est pas réveillé, il ne s'est pas réveillé...

– Va voir encore, on ne sait jamais !

Alors Zette y retourne et hop ! elle lui arrache un deuxième poil et elle fait :

– Non, non, je crois qu'il dort, il ne se réveille pas.

Alors là il y a son mari qui s'écrie :

– Oh, fache de nine ! Je veux bien que vous fassiez l'amour mais ne prenez pas mon cul pour une marguerite !

☆

C'est madame Grinder. Elle a une femme de ménage, une petite Ginette, et ça se voit qu'elle est enceinte.

– Qu'est-ce qui vous est arrivé, ma bonne ?

– Ah, madame, rien, aow !

– Comment ça rien ? Vous n'avez pas vu votre état ? Qu'est-ce qui vous est arrivé ?

– C'est une piqûre d'insecte, madame, aow...

– Vous vous foutez de ma gueule ? Vous n'allez pas me dire que c'est un moustique qui vous a fait ça !

Ginette fait :

– Oh là là, presque ! C'est un cousin.

☆

Vous connaissez les play-boys qui habitent la rue de Rivoli ? Bruno Tortellini porte un costume bien cintré mais surtout, c'est un maniaque des chaussures. Il a toujours des chaussures astiquées, qui brillent, mais alors d'une manière ! Ça lui permet de faire des tours ! Par exemple il arrive au bal, il invite une Ginette à danser et il fait :

– Ecco, bella, venez danser avec moi !

Et puis comme ça, en dansant, parce que ses chaussures font comme un miroir, il arrive à voir la couleur de la culotte de Ginette. Et il dit à Ginette :

– Mamma mia ! Jé peux vous dire dé quelle couleur est votre culotte !

Et Ginette lui répond :

– Alors ça, ça m'étonnerait ! Ça m'étonnerait parce qu'on ne voit rien !

– Si ! Elle est jaune avec des rayures mauves.

– Oh là là, mais c'est vrai ! C'est incroyable ! s'exclame Ginette.

Elle va s'asseoir à côté de Josiane et lui dit :

– Je viens de danser avec un mec, il a deviné la couleur de ma culotte !

Alors Josiane fait :

– Ah ! arrête ! Faut que je voie ça !

Alors Josiane va danser avec Bruno et il lui dit :

– Vous, vous avez une culotte bleu marine avec des rayures un peu bleu ciel.

Après Josiane, vient le tour d'une troisième Ginette qui fait :

– Attends, moi je vais l'avoir, j'ai pas de culotte !

Alors elle y va, elle danse avec Bruno Tortellini et lui demande :

– Alors, quelle couleur ?

Alors Bruno regarde et dit :

– Ma qué, ma qué... jé né vois rien. Jé né vois rien. Alors là, pour la première fois jé né comprends pas, jé né vois rien, jé n'arrive pas à deviner. Jé né trouve pas la couleur.

Elle fait :

– C'est normal, je n'ai pas de culotte !

Et il y a Bruno qui fait :

– Ah là là, vous m'avez fait peur, j'ai cru que j'avais fendu mes chaussures !

☆

Eugène Poulossière, il aime bien faire marcher les Parisiens.

– Les Parisiens, quelquefois ils sont bêtes !

Par exemple, le père Poulossière raconte à un Parisien qu'il a un cochon un peu spécial :

– Il est savant, il sait compter mon cochon, bou gu ! Il ne compte pas sur les doigts parce qu'il n'en a pas, mais il sait compter, crénom !

Et le Parisien lui dit :

– Vous vous foutez de moi, là ?

– Moi ? Pas du tout ! Tiens, Gustave, combien ça fait sept et deux ?

Le cochon fait :

– Neuf, neuf, neuf, neuf !

– Je ne dis pas de conneries, et six plus trois ?

– Neuf, neuf, neuf, neuf !

Alors le Parisien dit :

– Vous vous foutez de ma gueule, il ne sait pas, on va voir, on va changer, demandez-lui combien font quatre et quatre.

– Gustave !

Et là il fout un coup de pied au cochon et le cochon fait :

– Huit, huit, huit !

☆

Ça se passe dans une caserne, une caserne de parachutistes où ça ne rigole pas ; ils ont tous la boule à zéro, ce sont pourtant des durs de dur, mais il y a le capitaine qui leur crie :

– Alors ! Bande de saligauds, on a fait son lit au carré ? Je vais te faire ramper dans la merde, espèce de petit con ! Je vais t'apprendre, moi, ce que c'est que l'armée ! Qu'est-ce que ça veut dire ? De la poussière sur ton treillis ? Quarante pompes sans respirer, espèce de petit dégueulasse !

À ce moment-là, il y a un mec qui rentre dans le bureau :

– Qu'est-ce que vous voulez, vous ?

– Bonjour, je m'appelle Guytou...

– Comment ?

– Je m'appelle Guytou, hou hou ! et je viens pour m'engager.

Alors là, le capitaine n'a pas l'air content du tout ! Il fait :

– Tu veux t'engager dans quoi ?

– Ce que je voudrais faire, ce sont les commandos les plus durs, hou, hou !

– Écoute, chochotte, au début, ça m'étonnerait que je puisse te mettre dans les commandos les plus durs.

– Ah si, je veux faire le plus dur, le plus dur, le plus dur !

Le capitaine hausse les épaules :

– Tu te sens capable de tuer un homme d'une minute à l'autre, peut-être ?

Et l'autre fait :

– D'une minute à l'autre je ne sais pas, mais en plusieurs nuits...

☆

C'est un copain qui dit à Ginette :

– Écoute, franchement, c'est pas pour te vexer, mais qu'est-ce que tu peux être moche, non mais c'est vrai, sans déconner, tu es très moche...

Et Ginette lui répond :

– Oh là là, et encore, ça s'arrange avec l'âge ! Écoute, quand je suis née, aow, j'étais tellement laide que, la première année, ma mère me laissait les fesses à l'air et me langeait la figure !

☆

C'est trois types qui sont en balade du côté des Champs-Élysées. Ils rentrent dans une espèce de Wimpy-bar, de Quick-burger de machin et le premier dit :

– Je voudrais un hamburger, Madame !

Le deuxième :

– Moi aussi, un hamburger !

Le troisième :

– Moi, ce sera un hot dog !

La dame qui prépare la nourriture, c'est une espèce de madame Grinder, alors elle fait :

– Un emburger, un – chhh !

Elle prend la viande hachée dans sa main, comme ça, elle se la met sous le bras et ça fait pchchchou.

– Et un emburger, et vous c'était quoi d'autre ?

– Moi aussi c'était un hamburger.

– Et deux emburger – chhh !

Pareil, elle tasse bien la viande hachée et la met sous l'autre bras, et pchchchou, et là il y a le troisième qui fait :

– Heu, vous annulez le hot dog !

☆

Ça se passe pendant la guerre d'Indochine. Dans une espèce de jungle, il y a le capitaine Pelletier, un baroudeur qui dit à ses jeunes recrues :

– Faites gaffe, les gars : le plus grave danger, c'est le serpent jaune et noir, une véritable saloperie ! Si vous voyez un serpent jaune et noir, il n'y a qu'un truc à faire, vous l'attrapez par le bout de la queue, vous le repliez et arrivé à la gueule, vous lui foutez un doigt dans l'œil, vous voyez ?

– Oui chef, oui chef.

Ils partent en manœuvre et deux jours après on retrouve un soldat qui est complètement massacré, déchiqueté de partout.

– Qu'est-ce que t'as foutu, espèce de saligaud ? T'as sauté sur une mine ?

– Ah non, pas du tout, chef, j'ai vu le serpent jaune et noir, j'ai fait ce que vous avez dit, je l'ai attrapé par le bout de la queue, je l'ai plié et puis alors j'ai voulu lui crever l'œil, arrivé à la tête, et j'ai mis le doigt dans le cul d'un tigre.

☆

C'est l'histoire d'un type qui rentre dans un bar, complètement abattu, et qui dit :

– Donnez-moi un... Oh ! un whisky normal et puis, ah, attendez, un petit dans un dé à coudre pour mon copain.

Le barman le regarde et :

– Quel copain ? Vous êtes tout seul !

– Ah non, mais attendez, excusez-moi, oui c'est vrai, je suis bête !

Le type fouille dans sa poche et il en sort un petit bonhomme comme ça, de vingt centimètres, il extrait un petit tabouret de son autre poche, il assoit le petit bonhomme dessus et il lui fait :

– Mets-toi là, Robert, hein, voilà, je t'ai commandé ton petit whisky.

Le barman est sidéré.

– Mais qui c'est ? demande-t-il.

– Eh bien c'est mon copain Robert, c'est un très grand pianiste, il est formidable.

Le barman fait :

– Mais c'est pas vrai, je rêve !

– Si, vous allez voir !

Le type sort un petit piano, tout petit, et le petit Robert commence à jouer du Chopin. Extraordinaire ! Puis il joue du jazz, extraordinaire, sur son petit piano. Alors le barman dit :

– Mais enfin, je rêve !

L'autre fait :
– Non, vous ne rêvez pas. Je vais vous expliquer. Je suis explorateur, j'ai fait un voyage en Afrique et, en traversant un marais, je suis tombé sur une sorcière qui se noyait. Je lui ai lancé une liane et je l'ai sauvée. Alors elle m'a dit :
– Je suis une sorcière africaine, là, vous m'avez sauvé la vie, je peux exaucer un de vos vœux.
– Et alors ?
– Et alors ! Je lui ai demandé un pénis de trente centimètres mais elle était un peu sourde.

☆

Ça se passe au bord des falaises d'Étretat. Il y a deux types au bord d'une falaise, quand un Belge arrive :
– Bonjour, vous êtes de la région, une fois ?
– Ah bah oui, on est d'Étretat et de temps en temps on vient prendre l'air au bord de la falaise, et puis c'est sympa parce que vous allez voir, on peut faire des trucs très drôles.
Et l'un des types saute carrément dans le vide, pof ! Il saute de la falaise et, arrivé en bas, il remonte et il revient se poser près de son copain. Alors le Belge :
– Alors ça ! Je rêve, ce n'est pas possible !
– Non, non, vous allez voir, c'est spécifique à la région d'Étretat, vous savez, il y a des courants telluriques, vous pouvez vous jeter en bas tranquillement, le vent vous ramène en haut, vous savez on fait ça depuis que l'on est tout gamins.
Le Belge :
– Non, mais vraiment, ce n'est pas possible !
Alors le deuxième mec saute et effectivement, arrivé en bas, hop ! il remonte et il se repose sur la falaise.

Le Belge :

– Ah ! Je peux essayer, une fois ?

– Mais allez-y, bien sûr !

Et le Belge saute ; et évidemment, arrivé en bas, il se fracasse contre les rochers. Et là, il y a un des deux mecs qui dit à l'autre :

– Quand même, pour des anges on est salauds, hein !

☆

C'est un Monsieur qui est parti faire un petit séjour en Afrique, chasse et safari. Il revient à Paris, il rencontre un copain dans un bistro et son copain lui dit :

– Alors c'était bien, l'Afrique ?

– Bof !

– Ben dis donc, tu n'as pas l'air enthousiasmé !

– Ben c'est pas ça, mais là-bas il m'est arrivé un truc affreux, un truc horrible, horrible...

– Mais enfin, raconte-moi !

– J'étais dans la jungle, je bivouaquais, je ne faisais pas attention et tout d'un coup il y a un énorme gorille qui est tombé d'un arbre, il m'a emporté sous son bras, il m'a emmené dans un arbre et puis... Et puis il m'a...

Et l'autre fait :

– Ah oui, je vois, je comprends que tu sois traumatisé. Mais enfin, écoute, maintenant tu es revenu à Paris, tu vas reprendre tes habitudes, la vie est belle, tu vas oublier...

Et l'autre fait :

– Mais non, mais non, tu ne te rends pas compte. Moi ici, lui là-bas...

☆

Ça se passe à Marseille, dans une soirée un peu classe. C'est un jeune homme, il doit avoir dans les quinze, seize ans, qui invite une dame à danser :

– Madame, vous dansez avec moi ?

Et la dame lui fait :

– Mais enfin, hein, vous plaisantez, je ne danse pas avec un enfant !

– Oh pardon, je n'avais pas vu que vous étiez enceinte !

☆

C'est un monsieur d'un certain âge qui arrive chez le docteur Jacquot, 12, rue de l'Abbé-Achevé, et qui lui dit :

– Hé, docteur ! Je ne sais pas pourquoi, depuis quelque temps j'ai un truc bizarre, j'ai un œil qui devient tout rouge et qui clignote, c'est curieux.

– Écoutez, c'est bizarre ! Vous mangez bien ? demande le docteur Jacquot...

– Oui, oui, ça va !

– Vous avez quel âge ?

– Eh bien j'ai soixante-quinze ans.

– Écouteezz... Vous dites que vous avez l'œil qui clignote en rouge ?

– Oui, oui.

– Et au niveau des relations sexuelles ?

– Oh ben ça, ça va ! Trois fois par jour au moins...

Le docteur Jacquot :

– Ne cherchez pas, vous êtes sur la réserve !

☆

Ça se passe au cours d'une soirée un peu mondaine, il y a un petit garçon qui aborde une dame et qui lui dit :

– Dites, madame, c'est vrai que vous êtes coiffeuse ?

La dame lui répond :

– Mais pas du tout, je ne suis pas coiffeuse, pourquoi vous me dites ça ?

– C'est parce que mon père il a dit : « Celle-là, elle va raser tout le monde et elle frise la quarantaine ! »

☆

C'est deux dames qui discutent en prenant le thé. Il y en a une qui dit :

– Eh ben je n'ai pas de chance, moi, je n'ai pas de chance, parce que mon mari est impuissant à quatre-vingts pour cent.

L'autre fait :

– Eh bien tu as quand même de la chance, parce que le mien il est impuissant à cent cinquante pour cent.

L'autre lui fait :

– À cent cinquante pour cent ce n'est pas possible !

– Si, parce qu'en plus il s'est brûlé la langue.

☆

Ça se passe dans un asile. Avant de libérer trois fous, le directeur leur fait passer un petit test pour être sûr qu'ils sont guéris. Il les convoque dans son bureau et leur demande :

– Bon, alors, trois fois trois qu'est-ce que ça fait ? Si vous me répondez correctement vous êtes libres, c'est le dernier test.

Le premier fait :

– Six cent vingt et un !

– Bon ça va, alors celui-là, ce n'est pas la peine, ramenez-le dans sa chambre, on n'en parle plus. Bon, vous là ! Trois fois trois ?

L'autre :

– Vendredi !

– Bon d'accord, lui, ce n'est pas la peine non plus, allez, dans la chambre. Bon, vous, le dernier là, trois fois trois ?

L'autre fait :

– C'est facile !

– Oui mais, facile ou pas, répondez-moi.

– C'est facile, trois fois trois eh bien ça fait neuf.

– Ah ! Mais c'est très bien, c'est très bien, mais dites-moi, comment vous avez trouvé le résultat ?

– C'est facile, j'ai divisé six cent vingt et un par vendredi.

☆

C'est un monsieur qui a un gros problème, il est boulimique. Il ne peut pas se retenir : dès qu'il voit un bon plat il faut qu'il le mange, alors évidemment il est énorme. Il va consulter le docteur Jacquot et le supplie :

– Faites quelque chose, docteur, je n'en peux plus, j'en suis à cent dix kilos, faites quelque chose pour moi.

Le docteur Jacquot :

– Écouteezz ! On a inventé un truc formidable. Ce sont des suppositoires compensatoires ; par exemple, quand vous avez envie d'une choucroute, vous prenez un suppositoire à la choucroute ; vous avez envie d'un cassoulet, hop ! un suppositoire au cassoulet ; il y a tous les parfums, même à la côte de bœuf ; alors je vous donne une palette, emportez cette palette et dès que vous avez envie d'un plat, hop ! un suppositoire !

Quinze jours après, le type revient voir le docteur, et il a une attitude bizarre. C'est-à-dire qu'il se dandine, comme s'il dansait le twist, il n'arrête pas de remuer le popotin.

– Dites donc, docteur, super votre traitement ! Extra hein ! Ah là là, j'ai maigri, impeccable !

Le docteur énervé :

– Écoutez, d'accord ! Mais enfin, pourquoi vous remuez du popotin comme ça ?

Et le type :

– Ah mais là c'est rien, je suis en train de mâcher un chewing-gum !

☆

C'est un monsieur qui a un accent. Il passe comme ça devant un immeuble et il voit « Gynécologie quatorze heures à dix-huit heures ». Il regarde, il regarde et il voit une superbe femme qui entre, qui ressort un quart d'heure après, puis encore une fille extraordinaire qui entre, qui sort... Ça n'arrête pas de toute la journée, elles entrent, elles sortent, et le gars devant la plaque fait :

– Qu'est-ce que c'est que ce trafic qu'ils fabriquent là-dedans ?

Il regarde la plaque :

– Qu'est-ce qui se passe, là-dedans ? Gynécologie, quatorze heures, dix-huit heures ? Je ne suis pas plus con que lui, je vais écrire sur ma porte que j'y nique au gourbi tous les jours à l'heure que tu veux !

☆

Ce sont deux Anglais qui sont très très « comme ça », très snobs, meerde, quoi ! Sauf qu'en anglais c'est pas pareil. Ce sont un mari et une femme qui sont en train de parler, quoâ... La femme tricote, l'homme boit du thé, fume la pipe, enfin bref ils s'emmerdent et au bout d'un moment la femme dit :

– Chéri ! Il y a une question que je me pose...

– Yes, darling !

– Est-ce que nous avons, répondez-moi franchement, est-ce que nous avons des relations sexuelles ?

Le mari dit :

– Je crois.

Elle fait :

– Oh ! Alors il faut les inviter à la maison !

☆

C'est un monsieur qui va au restaurant chinois avec sa fiancée. Pour frimer un peu, il veut faire croire qu'il sait lire le chinois. Alors il prend le menu écrit en chinois et il dit :

– Bon eh bien, bon, vous allez nous donner euh... ça !

– Oui, monsieur.

– Et puis ça !

– Oui, monsieur.

– Et puis ça !

– Oui, monsieur.

– Et puis ça !

– Oui, monsieur.

– Et ça.

– Ah non !

– Pourquoi, il n'y en a plus ?

– Non, c'est le nom du patron !

☆

C'est un sadique qui agresse une demoiselle dans un parking, il sort un couteau et lui dit :

– Mademoiselle, si je vous force à faire l'amour, est-ce que vous appellerez à l'aide ?

Et elle lui répond :

– Bah, seulement si vous en avez besoin !

☆

Ça se passe à Marseille ; c'est une jeune mère qui vient d'avoir des triplés, alors elle est fière parce que c'est quand même rare et elle dit à sa mère :

– Tu sais, maman, hein, les triplés, eh bien je vais te dire, le docteur il m'a dit que ça arrivait une seule fois sur mille !

Et sa mère lui demande :

– Mais alors quand est-ce que tu faisais les courses, la cuisine et le ménage ?

☆

Ça se passe à la campagne. C'est le père Jean qui a invité le père Robert à dîner. Le père Robert arrive :

– C'est bien gentil de m'avoir invité, père Jean, ça me fait bien plaisir, depuis le temps que l'on ne s'était plus vus.

Et le père Robert s'aperçoit que le père Jean a une servante, ah la la, elle a dix-neuf ans, incroyable, un canon, disons-le, un canon. Et le père Robert dit :

– Eh bien, père Jean, on ne doit pas s'ennuyer ici pendant les longues soirées d'hiver ! Hein ?

– Oh ! Qu'allez-vous penser là, père Robert ? C'est la fille d'une paroissienne qui m'a été confiée, n'allez pas croire...

– Non, je ne crois pas, mais enfin tout de même, quoi, vous auriez pu...

Enfin bref le père Robert s'en va et le père Jean s'aperçoit que la louche en argent avec laquelle on a servi la soupe a disparu.

Il fait :

– Ça, c'est une blague du père Robert ! Il a dû me la piquer pour me faire bisquer.

Il prend sa plume et lui écrit : « Père Robert, je ne prétends pas que vous ayez volé ma louche, je ne prétends pas que vous ayez eu l'intention de me la voler, mais vous seriez bien gentil de me la renvoyer immédiatement. »

Et le père Robert lui répond : « Père Jean, je ne prétends pas que vous couchiez avec votre servante, je ne prétends pas que vous ayez l'intention de le faire mais, si vous aviez dormi dans votre lit, vous auriez retrouvé la louche. »

☆

– Maurice ! Maurice ! Tu as versé de l'eau dans les bidons de lait ?

– Oui, papa !

– Tu as ajouté du plâtre dans les sacs de sucre ?

– Oui, papa !

– Tu as mis les cailloux dans les boîtes de lentilles ?

– Oui, papa !

– Bon alors, viens dire la prière du soir avec nous !

☆

Ce sont deux petits vieux sur un banc à Marseille, mais très très vieux.

– Oh, ça va, toi ?

– Oh, bonne mère ! Ben ouais, ça va, ça va...

– Qu'est-ce qui ne va pas ?

– Ah, le plus dur, putaing, c'est la mémoire.

– Pourquoi la mémoire ?

– Parce que tu vois, té, je cours après les filles, mais je ne me rappelle plus pourquoi.

☆

C'est une dame, une vieille dame qui va acheter un perroquet. Elle entre dans le magasin et elle fait :

– Il est beau, ce perroquet, c'est un mâle ou une femelle ?

– C'est une femelle, madame.

– Et elle parle ?

– Oui, elle pond des œufs cubiques.

– Mais non, je ne vous demande pas ça, je vous demande si elle parle.

– Oui, madame, elle pond des œufs cubiques.

– Non mais vous êtes sourd, ou quoi ? Je m'en fous, je vous demande si elle parle !

– Madame ! Je vous dis qu'elle pond des œufs cubiques ! Et à chaque fois qu'elle pond, elle dit : « Oh ! que ça fait mal ! oh ! que ça fait mal ! »

☆

Est-ce que vous savez à quoi on reconnaît un Belge dans un groupe de charmeurs de serpents ? C'est le seul qui souffle dans le serpent !

☆

C'est un pâtissier écossais qui se rend dans un bureau de placement et qui dit :

– Je cherche une vendeuse.

Et l'employé lui dit :

– Et vous la voulez comment ?

Il dit :

– Diabétique.

☆

C'est un élève parachutiste qui demande à l'instructeur :

– Eh dites, et si mon parachute ne s'ouvre pas, qu'est-ce qui se passe ?

Et le mec :
– Eh bien vous serez le premier arrivé !

☆

Ça se passe à Marseille ; c'est un mec qui entre dans un magasin et qui fait :
– Bonjour, madame ! Je voudrais du papier cul !
Elle fait :
– Mais enfin, monsieur, écoutez, vous ne pourriez pas être poli, fan de chichounette ? Vous ne voyez pas qu'il y a des enfants, ici ? Vous ne pouvez pas demander du papier toilette, non, si ça ne vous dérange pas ?
– Excusez-moi, alors vous pourriez me donner du papier toilette et du savon ?
La dame fait :
– Du savon de toilette !
– Non ! Pas « de toilette » ! C'est pour la figure !

☆

C'est une dame belge qui rouspète dans un magasin ; elle appelle la vendeuse et lui dit :
– Je ne sais pas comment vous vous débrouillez, mais tous les chapeaux que j'essaie sont trop grands !
Et la vendeuse lui répond :
– Vous faites ce que vous voulez, mais ici c'est le rayon des abat-jour, vous voyez.

☆

C'est deux paysans qui discutent et il y en a un qui dit :
– Eh, Robert, mon gars, est-ce que tu viens jouer à la belote au bistrot, jeudi ?

– Ah non, je peux pas, j'envoie la vache au taureau !

– Eh bien tu viens jouer vendredi ?

– Eh non, cré bon gu, je peux pas, j'envoie ma femme au Mammouth !

☆

C'est un petit garçon arabe que ses copains embêtent à l'école, parce qu'il a des copains qui sont méchants ; par exemple ils lui font :

– Comment tu t'appelles ?

– Je m'appelle Mohamed.

– On ne veut plus que tu t'appelles Mohamed, il faut que tu t'appelles Marcel.

Il leur répond :

– Oui, mais mes parents vont faire la gueule, si je m'appelle Marcel.

– Il faut que tu t'appelles Marcel !

Ils lui foutent des gifles, et tout, ils sont vraiment odieux.

Le soir, Mohamed rentre chez ses parents et il leur dit :

– Papa, maman, je ne veux plus m'appeler Mohamed, je veux m'appeler Marcel.

Sa mère fait :

– Qu'est-ce que c'est que cette histoire-là ? Tu veux t'appeler Marcel ?

– Oui, je veux m'appeler Marcel.

Sa mère lui fout une claque.

Le père rentre du chantier, la mère fait :

– Viens voir, viens voir, tu ne sais pas la nouvelle, ton fils veut s'appeler Marcel, maintenant !

Le père fait :

– Quoi ?

Paf, il lui fout une claque. Le lendemain, le môme revient à l'école, il a les deux yeux pochés et ses copains lui disent :

– Qu'est-ce qui t'arrive, Marcel ?

– Ah, m'en parlez pas, j'ai été attaqué par deux Arabes.

☆

Ce sont deux copains qui se rencontrent :

– Ça va ?

– Non, non, ça ne va pas, j'ai divorcé.

– Tu as divorcé ?

– Ouais, ouais.

– Mais pourquoi ?

– Ma femme était trop puérile.

– Sans blague !

– Ah ouais, tu peux pas savoir, chaque fois que je prenais un bain, elle arrivait par-derrière et elle me coulait tous mes petits bateaux.

☆

C'est un monsieur qui rentre dans un café et il est très curieux parce qu'il a les deux mains en l'air, vous savez, exactement comme si on lui braquait un canon dans le dos ; mais en réalité, personne ne le braque, il a les deux mains en l'air comme ça, on ne sait pas pourquoi. Il entre dans le café et il dit :

– Bonjour monsieur, je voudrais, heu, je voudrais un café.

Et il a toujours les mains en l'air, comme ça. Alors le patron se dit : « Il est bizarre, celui-là, il est bizarre ! »

Il lui sert le café et le gars qui a les mains en l'air lui demande :

– Vous pourriez me mettre le sucre dans le café, s'il vous plaît, parce que moi, je ne peux pas, j'ai les mains en l'air...

– Oui, bien sûr, monsieur.

Et le patron se dit : « Peut-être bien qu'il a une infirmité. »

Tout à coup l'autre lui demande :

– Vous pouvez me le touiller parce que moi je ne peux pas, regardez mes mains...

– Oui bien sûr, je vais vous le touiller, monsieur.

Et il se dit : « Mais qu'est-ce qu'il a ? Il doit être malade. »

Puis le gars lui fait :

– Vous pouvez me le faire boire, s'il vous plaît, parce que vous savez, moi...

– Mais bien sûr, monsieur, je vais... ne vous dérangez pas.

Alors le patron prend la tasse et fait boire le client qui lui dit :

– Je vous remercie. Je voudrais vous demander un autre truc, mais je suis très gêné, j'aurais besoin d'aller aux toilettes, si vous pouviez...

Le patron lui répond :

– Oui, oui, mais bien sûr, je vais vous accompagner, monsieur.

Ils arrivent aux toilettes, et le client :

– Ça ne vous dérange pas de me dégrafer mon pantalon, parce que...

Et il a toujours les mains en l'air. Le patron se dit qu'il doit être vraiment handicapé, et il accepte.

– Bon, je vous remercie, ça ne vous dérange pas non plus de me... et de m'aider à, enfin, vous me sortez...

– Oui, oui ! Mais bien sûr, monsieur.

Il doit être infirme, quoi, c'est ça. Ça se passe bien.

Et l'autre dit :

– Vous pouvez me refermer ma...

À la fin, le patron n'y tient plus :

– Mais qu'est-ce que vous avez à avoir les mains en l'air comme ça, vous êtes malade, c'est une infirmité ?

L'autre fait :

– Non, non, pas du tout. Mais moi, toucher ces trucs-là, ça me dégoûte !

☆

C'est à l'enterrement d'Onassis. Dans un coin du cimetière il y a un monsieur qui pleure, mais qui pleure... À fendre l'âme. Alors il y a une femme qui s'approche et lui demande :

– Vous êtes de la famille ?

– Ben non, justement !

☆

Vous savez pourquoi les Belges font du vélo avec des bottes en caoutchouc ?

Parce qu'on leur a dit que le sida s'attrapait par les pédales !

☆

C'est un monsieur qui drague une très belle jeune fille, mais elle est belge et elle n'est pas habituée, une fois. Le jeune homme la ramène chez lui, c'est un jeune homme un peu snob, un peu smart quoi...

Il lui sert un petit gorgeon de whisky avec deux, trois glaçons et, pour l'épater, il lui sert un toast avec du caviar, meerde quoi, il ne lésine pas ! La jeune fille avale le caviar et lui dit :

– Bah, c'est pas pour critiquer, vous êtes vraiment charmant, mais entre nous, votre confiture de mûres sent un peu le poisson.

☆

C'est une petite fille qui est sur la plage avec sa maman et qui dit :

– Ah maman ! Regarde le monsieur, qu'est-ce qu'il a dans son maillot de bain ?

Alors la mère, un peu gênée :

– Eh bien euh, c'est... Eh bien c'est son portefeuille.

La petite fille :

– Ah ! C'est drôle ! Plus il me regarde et plus il devient riche !

☆

C'est une dame belge qui entre dans une parfumerie et qui rouspète tout de suite :

– Mais enfin, mais c'est une escroquerie, votre magasin !

– Qu'est-ce qu'il y a, madame ?

– Écoutez, quand j'ai acheté ce parfum vous m'avez assurée que les hommes allaient courir après moi comme des mouches !

– Ah bon, et alors qu'est-ce qui se passe ?

– Eh bien ce sont les mouches qui courent après moi comme des hommes, maintenant.

☆

C'est une grande mission spatiale au cours de laquelle on a envoyé trois cosmonautes, un Français, un Belge et un Anglais dans une fusée dernier cri. Au départ on leur a dit :

– Comme vous partez pour six mois dans l'espace, c'est quand même très très difficile, vous avez le droit d'emmener quelque chose ; d'habitude ça ne se fait pas, mais là, vous avez le droit. Qu'est-ce que vous voudriez emmener ?

Alors le Français :

– Eh bien moi, six mois dans l'espace, je vais emmener une gonzesse, parce que...

– Pas de problème, vous pouvez.

Et l'Anglais :

– Eh ! Moi, je vais profiter de ces six mois pour me documenter et m'instruire un peu, je vais emmener toute une bibliothèque pour me cultiver moi-même, is it possible ?

Et le Belge :

– Eh bien moi, six mois là-haut, j'adore fumer, alors je vais emporter une caisse de cigares.

– Pas de problème, vous avez le droit.

La fusée démarre, tout se passe bien, ils restent six mois là-haut et au retour sur la terre on voit descendre le Français, la nana qu'il avait emmenée avec lui est bien sûr enceinte, on voit descendre l'Anglais qui a lu toute sa bibliothèque et qui est très érudit, mais on voit descendre le cosmonaute belge tout agité avec un cigare dans la bouche et qui dit :

– Il n'y a personne qui aurait du feu, une fois ?

☆

C'est un paysan de la région de Gruyère qui descend au Salon de l'auto et visite le stand Rolls Royce. Il découvre le dernier modèle de Rolls, une voiture absolument merveilleuse et demande au vendeur :

– Bonjour, monsieur, combien que ça coûte cette bagnole-là ?

– Mais monsieur, ce n'est pas une bagnole ! C'est la voiture des rois et des reines, enfin, vous plaisantez, Monsieur, je vous en prie, regardez le tableau de bord en noyer, regardez les housses, regardez tous les gadgets, regardez...

– Cré bon diou, je la prends ! Elle me va bien, je la prends et puis ça me servira là-bas, à Gruyère.

Alors le vendeur fait :

– Bien, monsieur. Est-ce que je vous mets la vitre de séparation entre l'arrière et l'avant ?

Le paysan :

– Oui, oui, mettez-la-moi, parce que quand je conduis j'ai horreur que les veaux me lèchent la nuque.

☆

C'est un jeune avec une mobylette qui renverse une très grosse dame.

La grosse dame, elle se relève et crie :

– Espèce d'imbécile, voyou, blouson noir, vous ne pouviez pas faire le tour ?

L'autre fait :

– Eh ! J'avais peur de manquer d'essence !

☆

C'est un monsieur qui arrive à la piscine avec son petit sac Adidas, sa serviette et son maillot, et la caissière, madame Grinder, lui fait :

– Ah non ! Pas vous ! Vous n'avez pas le droit d'entrer !

– Mais madame, je ne comprends pas, pourquoi ?

– Non, vous ne rentrerez pas dans notre piscine !

– Mais madame, qu'est-ce que j'ai fait ?

– Écoutez, monsieur, je me suis laissé dire que vous uriniez dans la piscine.

Le mec fait :

– Oui, bof, de temps en temps ça m'arrive, mais je ne suis pas le seul.

La caissière lui répond :

– Du haut du plongeoir, si !

☆

Vous savez, les jeunes filles d'aujourd'hui elles ont toujours l'impression qu'elles ont toutes les maladies. Elles stérilisent tout, elles font bouillir la viande, et tout... C'est pour ça que Ginette est toujours fourrée chez le docteur Jacquot, 12, rue de l'Abbé-Achevé.

– Oh là là, docteur, ça ne va pas ! Le matin je me réveille, je flippe, aow, le soir je me couche, je flashe, aow !

– Écoutez, déshabillez-vous.

Elle se déshabille et il s'aperçoit qu'elle a un tatouage entre les... là, c'est un « M ».

– C'est curieux, ce tatouage, qu'est-ce que ça veut dire ce « M » ?

– Oh là là ! C'est mon copain, c'est mon nouveau copain, il s'appelle Michel. Il s'est fait tatouer ses initiales et l'autre jour il m'a serrée un peu trop fort, l'encre n'était pas sèche.

– Écouteezz ! C'est très curieux ! dit le docteur Jacquot.

Et puis il y a une deuxième Ginette qui vient. Pareil. Elle se déshabille et là il voit encore un « M ». Il fait :

– Et votre copain à vous, il s'appelle Maurice ?

Elle répond :

– Non, non, il s'appelle William.

☆

C'est encore une autre Ginette qui se promène à la campagne. C'est le printemps et elle s'aperçoit qu'une jument la suit. À un moment elle en a marre, elle se retourne et elle fait :

– Pourquoi vous me suivez comme ça, aow ?

Et la jument lui répond :

– C'est parce que vous avez une queue de cheval.

☆

Maurice a une maîtresse. C'est une femme mariée, tu te rends compte ? La honte et tout ! Un jour il est chez sa maîtresse et crac, aïe aïe aïe ! Il entend la clé qui tourne, c'est le mari qui rentre. Maurice, il lui arrive toujours des trucs comme ça ! Alors il se cache dans l'armoire mais, manque de chance, le mari le découvre en venant ranger son pardessus :

– Qu'est-ce que vous foutez là, vous ?

Maurice lui répond :

– Euh, je m'occupe du service antimite du quartier, je visite les appartements pour éliminer les mites.

– Vous vous foutez de ma gueule ? Vous êtes à poil !

Et Maurice :

– Ah putaing de ma... Ah les sales bêtes ! Elles ont bouffé toutes mes fringues !

☆

Ça se passe dans une espèce de salon de l'électronique. Deux P-DG se rencontrent et il y en a un qui fait :

– Alors là, mon petit vieux, j'ai une secrétaire extraordinaire, entièrement synthétique, c'est comme une poupée gonflable, mais alors elle parle quatre langues, elle répond au téléphone et tape à la machine.

L'autre lui répond :

– Ouais mais ça ne remplace pas une vraie secrétaire, parce que moi, la mienne, elle ne parle pas quatre langues mais enfin, quand je veux, je peux la...

– Ah mais moi aussi, dit l'autre ! Tu vas voir, tu vas voir...

Alors il ouvre une mallette et sort une espèce de truc, il le gonfle, et pof ! effectivement, ça devient une ravissante secrétaire en caoutchouc.

– Et si tu veux, tu peux la...

L'autre fait :

– Je peux essayer ?

– Mais je t'en prie, vas-y !

Le mec l'essaie et tout d'un coup, il pousse un cri horrible.

L'autre fait :

– Ah, j'ai oublié de te prévenir, là, elle a un taille-crayon !

☆

Ça se passe en l'an 2000 et quelques, aux États-Unis, bref c'est une histoire d'anticipation, de « science-friction » comme dirait mon coiffeur. Ce sont les Noirs qui ont pris le pouvoir, et il ne reste plus que quelques Blancs dans des ghettos. Un jour, deux milliardaires sénégalais sortent d'un palace et il y en a un qui fait :

– Attends, attends, j'aimerais bien me faire cirer mes chaussures pour moi-même, mmouii...

Et là, il y a un petit cireur blanc, parce qu'il n'y a plus que des petits cireurs blancs maintenant aux

États-Unis, alors bon, le milliardaire sénégalais lui tend sa botte et le petit cireur blanc commence à frotter en chantonnant « Aux marches du palais, aux marches du palais... » Et le Sénégalais fait :

– Quand même, ces Blancs, ils ont le rythme dans la peau !

☆

C'est un Parisien qui se promène du côté de Grasse. Il arrive, il voit une cabane, et dans la cabane il y a un vieux monsieur, une chèvre et un petit garçon. Il est très étonné et il fait :

– Dites donc, mon brave, alors vous vivez là tout seul ?

– Eh oui, je vis ici tout seul, avec ma chèvre et mon petit garçon...

– Ah, c'est votre petit garçon, il est mignon !

Il se penche vers le petit et il lui demande :

– Comment tu t'appelles ?

– Barnabéééééé...

☆

Ça y est, ça recommence. Ginette, ça ne va pas du tout. Elle se couche le soir, elle flippe, elle se réveille, elle flashe, ah là là, elle est vachement speed, enfin ça ne va pas du tout, quoi, comme d'habitude. Et là, elle discute, elle est au café avec sa copine Josiane. Elle fait :

– Oh là là, Josiane, tu sais pas ce qui m'arrive ?

L'autre :

– Non, je ne sais pas...

– Je suis enceinte, aooww !

– Non ? Quand est-ce que c'est arrivé ?

– Eh bien ça doit être au dernier concert de Sting, pendant le solo de batterie, j'ai senti comme un attouchement. Oh là là ! Qu'est-ce que je peux faire ?

– Je ne sais pas, va faire une échographie...

– Une quoi ?

– Une échographie.

– Oh la la, aoww ! C'est très compliqué, tu sais ce que c'est, toi, qu'une échographie ?

– Ouais, je sais ce que c'est, c'est quand le docteur te crie dans le minou pour voir si ça résonne.

☆

C'est un monsieur qui entre dans un bar et qui dit :

– Je voudrais trois litres de whisky ; vous n'auriez pas trois litres de whisky ?

– Non, trois litres, non, mais ce que je peux faire, c'est vous donner trois bouteilles.

– Eh bien oui, mais dans un seau alors.

– Ah bon ?

Et le mec boit les trois bouteilles de whisky... Après il fait beurk, il est mal, il est très mal et il dit :

– Je ne peux pas avoir une bouteille de whisky?

– Si vous voulez.

Le mec boit, il en est à sa quatrième bouteille et il fait :

– Et maintenant je ne pourrais pas avoir un whisky dans un verre, juste un verre ?

Le mec fait :

– Si vous voulez.

Alors là il est de plus en plus mal et il fait :

– Et je ne pourrais pas avoir un baby ?

– Si vous voulez.

À la fin le type fait :

– Je ne pourrais pas avoir un peu de whisky dans un dé à coudre ?

– Bof ! si vous voulez.

Le mec vide le dé à coudre, et il marmonne :

– Il y a un truc qui n'est pas normal, moins je bois et plus je suis bourré!

☆

C'est un monsieur qui va à Genève pour visiter la salle des conférences internationales. En sortant de l'aéroport, il voit une dame et lui demande :

– Pardon, madame, pouvez-vous m'indiquer la salle des conférences internationales ?

– Prenez par là !

Elle fait un geste qui fait tinter ses huit bracelets sertis de platine avec des émeraudes un peu partout, et alors là le monsieur est ébloui vraiment parce que ça fait des reflets avec le soleil. La dame continue :

– Et après, vous prendrez la rue à gauche !

Elle refait un geste avec le bras gauche et, là encore trois bracelets s'entrechoquent.

– Et si vous ne trouvez pas, alors vous irez directement par là !

Elle fait encore un mouvement et il y a une espèce de collier qui émerge comme ça, avec des rubis partout ; le mec est ébloui, il ne sait pas quoi faire, alors il montre sa dent en or et il fait :

– Merci, Madame !

☆

Maurice et son copain Robert, ce sont des fous de poker. Ils n'arrêtent pas de jouer, et ils sont tellement passionnés par le poker qu'un jour, au restaurant, alors que Robert dit :

– Moi, je vais prendre deux paires de Francfort, Maurice lui répond :

– J'ai gagné : moi, j'ai un carré d'agneau !

☆

Ça se passe au tribunal ; c'est madame Grinder qui est accusée, parce qu'elle a empoisonné son mari. Le procureur l'interroge :

– Après avoir empoisonné le café, quand vous avez servi une tasse à votre mari, n'avez-vous pas ressenti une certaine pitié pour lui ?

– Ah si, chhh...

– À quel moment ?

– Lorsqu'il en a voulu une deuxième tasse !

☆

C'est Maurice qui raconte à Robert :

– Tu ne sais pas ce qui s'est passé, l'autre jour ? Je vais aux courses à Auteuil, j'étais à la tribune et je voyais mal, alors à un moment je me penche pour regarder, je tombe sur la piste et tout. Tu ne sais pas ce qui m'arrive, à ce moment-là ? Il y a un type qui vient, il me met une selle sur le dos, il me monte dessus ! Sur ma vie, je te jure !

L'autre lui demande :

– Et qu'est-ce que tu as fait ?

– J'ai fait septième !

☆

Ginette a trouvé un boulot : enseignante. C'est peinard : ils sont toujours en grève. Un jour elle emmène les enfants voir les courses à Vincennes pour leur montrer comment ça se passe. À un moment, les « sixième », ce sont des tout-petits, ont envie de faire pipi.

– Attendez, il doit y avoir des toilettes, leur dit Ginette.

Alors elle emmène les trente gamins dans les toilettes de Vincennes.

Elle surveille un peu, elle passe devant eux pendant qu'ils font leur petit pipi, et tout à coup elle en voit un qui est... drôlement bien équipé. Alors elle lui fait :

– Oh là là, dis donc, pour ton âge c'est étonnant, tu es dans quelle classe, aow ? Tu es en sixième ?

Là le môme lui fait :

– Je ne vais pas en classe, je cours dans la quatrième et je monte Belle Épine !

☆

C'est un VRP qui arrive devant une somptueuse villa et qui sonne pour faire l'article. Le portail s'ouvre et un énorme dogue allemand, gros comme un veau et avec une mâchoire comme ça, se précipite sur lui, lui arrache un bras, la moitié de la joue et un œil. À ce moment-là le maître sort et fait :

– Mais non, caressez-le, caressez-le !

☆

Vous savez que les bègues ne s'expriment bien que lorsqu'ils chantent ? C'est un bègue qui est marié, il est à la maison, sa femme rentre et il lui dit :

– Ah là, là là, j'ai une nounounouvelle.

Alors sa femme lui fait :

– Je t'en prie mon amour, chante, ça ira plus vite.

– Ta mère est morte, la-la-la, ta mère est morte, la-la-la, ta mère est morte, la-la-lère !

☆

C'est l'histoire de deux microbes qui sont dans le corps d'un mec et le mec ne va pas bien, forcément.

Mais les deux microbes, eux, ils s'amusent bien, et il y en a un qui dit à l'autre :

– Dis donc, Maurice, qu'est-ce que tu fous dans ce corps humain ?

L'autre lui répond :

– Je fais comme toi, Robert, je me promène !

– Il y a longtemps que tu es là ?

– Ça fait une quinzaine de jours !

– Tu as eu le temps de visiter ?

– Oui, j'ai visité, c'est bien, c'est bien !

– Tu as vu le foie ?

– Ah le foie c'est sympa, c'est éclairé, il y a de quoi boire, on a bien rigolé. C'est bonnard. J'ai aussi fait un petit tour dans les poumons, mais alors là c'est malsain, il n'ouvre jamais les fenêtres, là-dedans, la fumée qu'il y a ! Maintenant, ça fait quinze jours que je suis là, j'ai tout visité, je commence à m'emmerder un peu, je voudrais foutre le camp. Comment on s'en va d'ici, Robert ?

– Ben je sais pas. Enfin si ! Il y a une sortie, là-bas. Tu ne vois pas le rai de lumière ?

– Oui, mais... c'est complètement en bas, qu'est-ce que je fais ?

– Tu prends l'ascenseur, ils appellent ça l'œsophage, tu descends et puis tu attends, la sortie est là.

– Bon, eh bien salut Robert, et merci, on se reverra peut-être un de ces jours !

Alors le microbe Maurice prend l'ascenseur de l'œsophage et descend. Une heure après Robert descend à son tour et tombe sur son ami :

– Alors, Maurice ? Qu'est-ce que tu fous ? Tu es encore là ? Tu n'es pas parti ?

– Ne m'en parle pas, j'ai loupé le caca de cinq heures, j'attends celui de six heures et demie !

☆

C'est Ginette qui a trouvé un nouveau boulot : employée de maison.

Sa future patronne l'interroge :

– Ma fille, est-ce que vous savez faire la cuisine ?

– Oh là là ouais ! Ça va, je peux faire des œufs avec du jambon.

La patronne :

– Bon, c'est très bien, et le repassage ne vous fait pas peur ?

– Non, ça non, j'ai l'habitude, aow, je repasse les chemises de mon mec.

– Bon, et vous aimez les enfants ?

– Ouais, j'aime bien, mais, oh là là, je préférerais que monsieur fasse attention.

☆

C'est Maurice qui a des soucis. Le magasin, les impôts, l'URSSAF, la MATMUT, il a des soucis, des insomnies, il ne dort plus, alors il va voir le docteur Jacquot et lui dit :

– Je n'en peux plus, je n'en peux plus, ça fait des mois que je ne dors plus !

– Écoutez, c'est très curieux, est-ce que vous avez tout essayé, crac-crac ?

– Tout ! J'ai tout essayé ! J'ai même compté les moutons, et à la fin pour aller plus vite je comptais les troupeaux directement. J'ai tout essayé.

– Écouteezz ! Est-ce que vous avez pris du Valium, du minium, du calcium, du sternum... Enfin, est-ce que vous avez essayé tout ce qu'il fallait ?

– J'ai essayé plein de médicaments, j'ai vu plein de docteurs mais je n'arrive pas à dormir, putaing ! Je n'arrive pas à dormir, aïe aïe aïe, je...

– Alors, écouteezzz !!! J'ai ce qu'il vous faut. Vous allez essayer ces suppositoires, ils sont de la marque

« Rapido » et c'est fabriqué par les laboratoires Legendre. Vous verrez, c'est radical contre l'insomnie, crac-crac ! Les suppositoires « Rapido » !

Maurice revient le voir le lendemain et lui dit :

– Aïe aïe aïe, docteur ! C'est génial, ce que vous m'avez donné ! Sur ma vie, mon fils, c'est formidable, grâce à Dieu !

– Alors, ça a marché ?

– Ne m'en parlez pas : hier soir, avant de me coucher, je mets le suppositoire, je me réveille ce matin, j'avais encore un doigt dans le cul !

☆

Un copain a été témoin d'une scène entre deux mecs qui discutaient sur un trottoir :

– Alors et toi, le chômage, tu es touché ?

– Moi, je ne suis pas touché, de toute manière j'ai changé de métier.

– Et qu'est-ce que tu fais, maintenant ?

– Je vends des meubles.

– C'est pas mal, quel genre de meubles ?

– Eh bien les miens.

☆

C'est un match de rugby entre l'Amicale des Souris Blanches et le Football-Club des Éléphants. C'est un match assez âpre, forcément, et à un moment il y a une petite souris qui part avec le ballon et un éléphant lui fait un placage, il se jette sur la souris et évidemment l'écrase à moitié. Alors il la ramasse délicatement du bout de la trompe, il la nettoie et lui dit :

– Excusez-moi, je ne l'ai pas fait exprès, je me suis laissé emporter.

Et la souris lui dit :

– Ne vous excusez pas, c'est la dure loi du sport ! Moi aussi, j'aurais pu vous en faire autant !

☆

Ce sont deux copains qui ne se sont pas vus depuis longtemps, et apparemment il y en a un qui est devenu très riche ; l'autre lui fait :

– Tony, Tony ! Comment tu vas ?

– Il ne faut plus m'appeler Tony, maintenant... J'ai réussi, tu comprends ? Je ne m'appelle plus Tony, maintenant, je me fais appeler Antony, j'ai une villa formidable au bord de la mer avec une piscine, et je mène une vie ! Tu verrais, le matin je me baigne, après je m'étends sur la terrasse, après je replonge un peu dans ma piscine, l'après-midi je fais la sieste sur ma terrasse, le soir il fait beau, alors le soir, qu'est-ce que je fais ? Des fois je dors sur la terrasse.

Alors le deuxième rentre chez lui et dit à sa femme :

– Tu verrais Tony, ce qu'il a changé ! Il est devenu riche et il a changé de nom et sa femme aussi !

– Ah bon ?

– Sa femme se fait appeler Terrasse, maintenant !

☆

C'est un Marseillais qui passe la frontière italienne ; le douanier l'arrête et lui fait :

– Halte ! S'il vous plaît, un moment ! Vous n'avez rien à déclarer ?... Pas de cocaïne ?

– Bonne mère ! Mais non, je n'ai pas de cocaïne !

– De l'héroïne ?

– Heing ? Non, je n'ai pas d'héroïne, té...

– Vous n'avez pas d'arme ?

– Mais enfin, fan de chirchoulette, non, je n'ai pas d'arme !

– Vous n'avez pas de bijou ?
– Oh, quique non !
– Vous en voulez ?

☆

C'est une dame qui est mariée avec un météorologue et elle a la fâcheuse habitude de faire les poches de son mari. Un matin, elle trouve un bout de papier sur lequel est noté le prénom « Gisèle » suivi de huit chiffres. Alors là, elle se dit :

– Le salaud, je suis sûre qu'il me trompe avec cette fille, et en plus elle lui a donné son numéro de téléphone.

Elle sort, attrape son mari et lui dit :

– Qu'est-ce que c'est, ça ? Qu'est-ce que c'est que ça, là, hein ? Ça, là ?

– Mais non, mais tu te trompes, lui répond son mari, Gisèle c'est le nom d'un cyclone qui ravage les Antilles en ce moment et les numéros qui sont à côté ce sont la longitude et la latitude... Enfin, chérie, voyons !

Et il part travailler. Il rentre le soir et dit à sa femme :

– Chérie, rien de neuf ?
– Non, ah si, ton cyclone a téléphoné !

☆

C'est une jeune femme très enrhumée, ça arrive, qui est invitée à une réception, alors elle emmène deux mouchoirs, elle en met un dans son sac et l'autre dans son corsage en se disant :

– Bon, voilà, comme ça je suis tranquille.

Vers le milieu de la soirée elle ne peut déjà plus utiliser le mouchoir qui est dans son sac, alors elle cherche celui qui est dans son corsage mais ne le trouve pas. Elle cherche avec une main, avec deux mains, elle fouille frénétiquement dans son corsage avec ses deux mains et au bout d'un moment tout le monde la regarde. Alors, très gênée, elle dit :

– Je ne comprends pas, j'étais sûre d'avoir les deux en arrivant...

☆

C'est monsieur et madame Meyer qui ont passé une soirée chez les Rothschild et dans l'ascenseur madame dit à monsieur :

– Tu te rends compte, les Rothschild, en ce moment, ils baissent, ils baissent, ils baissent beaucoup, hein, tu te rends compte, jouer à deux sur le même piano !

☆

Ça se passe dans une boîte de nuit ; il est une heure du matin, un couple danse, tendrement enlacé. Tout à coup le jeune homme demande à la jeune femme :

– Écoute, dis-moi franchement, est-ce que tu as envie de ce dont j'ai envie ?

Et la fille lui fait :

– Oui, oui, oui !

Et alors il lui dit :

– Eh bien alors c'est parfait, tu me serviras le mien avec un glaçon et de l'eau gazeuse.

☆

C'est un monsieur qui a la chance de voyager dans le train avec le producteur de Jean-Paul Belmondo et qui lui dit :

– Ah, c'est vous, le producteur de Jean-Paul Belmondo ?

– Eh oui, effectivement, c'est moi qui produis tous ses films.

– Ah là là, ça me fait plaisir de vous rencontrer ! Qu'est-ce que je l'admire, ce Belmondo, franchement, mais quand on voit tout ce qu'il fait, ce mec ! Il marche sur le toit d'un train, il se suspend à un hélicoptère, il saute d'un immeuble en flammes ! Ah franchement, franchement, moi, pour un million, je ne le ferais pas !

Et le producteur lui répond :

– Eh ! Lui non plus !

☆

Ça se passe à la terrasse d'un café, par beau temps, donc il y a du monde dehors.

Tout à coup, un crocodile vient s'asseoir.

– Bonjour monsieur, qu'est-ce que vous prendrez ? lui demande le serveur.

Le crocodile réfléchit et dit :

– Je vais prendre un whisky.

Le crocodile prend son whisky, le boit et s'en va. À ce moment-là, il y a un client qui dit au garçon :

– Vous ne trouvez pas ça étrange, vous, hein ? Un crocodile qui vient dans un bar comme ça, et qui commande un whisky ?

Et le garçon lui répond :

– Oui, c'est curieux, d'habitude ils boivent de la bière.

☆

Une Roucasserie biblique, mystique, dirais-je. Tu te rappelles l'histoire de Moïse ? C'est fou, non ! Il est là, il veut quitter l'Égypte avec tout son peuple derrière, et à un moment il dit :

– Bon, je vais faire un truc, Dieu est avec moi, rassurez-vous, je vais lever la main, la mer va s'ouvrir en deux, vous passerez, après je baisserai la main et la mer se refermera sur les Égyptiens.

Et là il y a un attaché de presse qui sort de la foule et qui dit :

– Si tu fais ça, Coco, je peux t'obtenir deux pages dans la Bible !

☆

C'est un jeune immigré qui prend le bus pour la première fois à Paris. Tout à coup le bus ralentit et le contrôleur crie :

– Franklin-Roosevelt !

La porte s'ouvre et un monsieur descend. Le jeune immigré est très étonné. Le bus continue, le contrôleur crie :

– Charles-de-Gaulle !

Là il y a un curé qui descend. L'immigré regarde et il est de plus en plus stupéfait. Et ça continue. Station suivante :

– Georges-Clemenceau !

Là, c'est un vieux monsieur qui descend. Alors l'immigré va voir le contrôleur et lui demande :

– Comment je vais faire pour descendre, moi, tu ne connais même pas mon nom !

☆

C'est un gynécologue qui dit à l'une de ses patientes :

– Madame, j'ai une bonne nouvelle à vous annoncer !

La patiente dit :

– Non, non, pas madame, mademoiselle !
Alors il fait :
– Mademoiselle, j'ai une mauvaise nouvelle à vous annoncer.

☆

C'est une horrible mégère qui passe devant un tribunal. Le président lui fait :
– Mais enfin, madame, vous ne pouvez pas nier. Dans les viscères de votre mari, il y avait suffisamment d'arsenic pour tuer quatre personnes !
Et la mégère lui répond :
– Qu'est-ce que vous voulez, ce gros dégueulasse a toujours bouffé comme quatre !

☆

Ça se passe au Festival de Cannes et c'est Frédéric Mitterrand qui interviewe une jeune starlette.
– Bonsoir ! lui dit-il. Connaissez-vous la différence entre un metteur en scène américain, un metteur en scène français et une voiture ?
Et elle répond :
– Je ne sais pas, je ne suis jamais passée sous une voiture.

☆

C'est un monsieur au restaurant, et il est furieux. Il appelle le garçon :
– Dites donc, garçon, là, ça ne va pas ! Regardez le poulet rôti, là, il a une patte plus courte que l'autre !
– Excusez-moi, je ne savais pas que vous vouliez danser avec.

☆

C'est un jeune homme qui entre dans un magasin de farces et attrapes et qui dit :

– Je voudrais du poil à gratter, du fluide glacial, des bonbons au poivre, et vous me mettrez aussi un coussin péteur.

Alors le marchand dit :

– Ah ! Vous, vous allez à un mariage !

– Vous avez gagné !

– Ah ! Et je parie que vous êtes le garçon d'honneur ?

Le mec fait :

– Non ! Je suis le marié. Qu'est-ce que vous voulez, pour la nuit de noces de ma femme, faut quand même que je trouve quelque chose d'original !

☆

Ça se passe chez Barclay dans une réception. Il y a un monsieur qui discute avec une jeune fille et qui lui dit :

– Vous avez un physique formidable, vraiment, moi, à votre place... Vous devriez faire du cinéma.

Et la fille lui répond :

– Mais enfin, écoutez, je m'appelle Isabelle Adjani.

– Mais ça ne fait rien, vous prendrez un pseudonyme.

☆

C'est un jeune qui passe un examen d'ornithologie. L'examinateur a une caisse devant lui avec des oiseaux empaillés, alors il en prend un, laisse dépasser le bout de la queue et demande au jeune homme :

– Pouvez-vous me dire le nom de cet oiseau ?

– Écoutez, monsieur le professeur, c'est très difficile, je ne peux pas dire le nom d'un oiseau dont je ne vois que le bout de la queue, mais si vous me montrez le bec...

– Vous ne savez pas ! Bon, j'en prends un autre.

Pareil, il laisse dépasser le bout de la queue.

– Quel est le nom de cet oiseau ?

– Écoutez, monsieur le professeur, je ne sais pas, montrez-moi au moins la tête, je ne sais pas.

– Bon, eh bien, vous êtes recalé ; vous repasserez en septembre. Comment vous vous appelez ?

Le mec baisse son froc et fait :

– Devinez !

☆

C'est un pépé qui laisse sa bicyclette contre le mur de l'Hôtel de Ville. Le planton sort et lui dit :

– Mais enfin, monsieur, dites, vous ne pouvez pas laisser votre bicyclette ici !

– Et pourquoi ça ?

– Mais enfin parce que nous attendons monsieur Chirac d'une minute l'autre !

– Eh bien ça ne fait rien, j'ai mis l'antivol !

☆

C'est un petit chien qui demande à son père :

– Dis-moi papa, mon vrai nom, c'est assis ou couché ?

☆

C'est un monsieur qui dit à sa femme :

– Tu sais ce qui me ferait plaisir, pour ma fête ? J'aimerais que tu ailles voir un sculpteur et que tu fasses sculpter le portrait de ta mère sur ma pipe.

Sa femme s'étonne :

– En voilà une idée, mais pourquoi ?
– Parce que j'ai décidé d'arrêter de fumer.

☆

C'est une dame un peu distraite qui a quelques problèmes de santé. On pourrait appeler ça des embarras gastriques. Elle va voir le docteur qui lui prescrit des suppositoires. Elle achète sa boîte de suppositoires et le soir, en rentrant chez elle, elle les pose sur la commode. Manque de bol, son mari a déjà posé sur la même commode une boîte contenant des pierres à briquet. Et au moment de se coucher, la dame se trompe de boîte. Quinze jours après, elle retourne chez le docteur qui lui demande :

– Et alors, mon traitement vous fait de l'effet, ça va mieux ?

– Non, ça ne va pas tellement mieux et il y a un truc que je ne comprends pas, docteur.

– Quoi donc, madame ?

– Eh bien voilà, chaque fois que je pète, ma robe prend feu.

☆

Ce sont deux puces qui discutent, et il y en a une qui dit :

– Qu'est-ce que tu as regardé, hier, à la télé? La deuxième chienne ?

L'autre :

– Non, Canal puce !

☆

Ce sont deux bananes qui discutent. Il y en a une qui dit :

– Oh, ma chérie ! Ta nouvelle robe jaune te va à ravir ! Et dis donc, on dirait que tu as maigri !

Et l'autre lui répond :

– Oui, en ce moment je suis un régime.

☆

La scène se déroule dans un magasin en Belgique :

– Bonjour mademoiselle, je voudrais acheter une robe de chambre, une fois...

– Bien sûr, monsieur, quelles sont les dimensions de la chambre ?

☆

C'est un monsieur qui habite un petit pavillon en banlieue. Un soir qu'il pleut beaucoup, qu'est-ce qu'il trouve sur le pas de la porte, transie de froid et à moitié morte ? Une pauvre petite grenouille, une petite reinette toute verte et toute transie de froid. Alors le monsieur, très gentil, prend la grenouille dans sa main, l'apporte dans sa maison, la met à côté du poêle pour qu'elle se réchauffe. Effectivement, la petite grenouille reprend bientôt des couleurs... Puis le monsieur se dit :

– Peut-être qu'elle a faim, cette petite grenouille ?

Alors il lui propose du pain trempé dans un peu de lait.

– Peut-être qu'elle a soif, cette petite grenouille ?

Alors il lui sert un peu d'eau dans un petit bol. Le soir, au moment de se coucher, le voilà qui se dit :

– Elle a peut-être froid, cette petite grenouille ?

Alors bon, quand même, il lui fait une petite place dans son lit, et la petite grenouille se transforme tout d'un coup en une magnifique jeune fille, et là il y a la femme du mec qui rentre. Elle n'a jamais voulu croire l'histoire de la grenouille.

☆

C'est un monsieur qui va voir son avocat et qui lui dit :

– Je veux divorcer. Tout de suite.

– Vous avez un motif grave ?

– Absolument, ma femme m'a traité d'idiot !

– Oui, mais enfin, ce n'est pas... ce n'est pas si terrible que ça !

– Ben, oui et non. Figurez-vous que l'autre jour je rentre à l'improviste, elle était couchée dans mon lit avec un mec. Alors moi, je lui dis : « Quoi, qu'est-ce que tu es en train de faire ? » Vous savez ce qu'elle me répond ? « Tu le vois bien, idiot ! »

☆

Ce sont deux jeunes filles qui discutent et il y en a une qui dit :

– Ah ! J'ai passé deux heures avec Patrick, hier ! Deux heures extraordinaires ! Il n'a pas arrêté de me parler d'amour !

L'autre fait :

– Mais enfin, tu m'avais dit qu'il était sourd-muet ?

– Ouais, mais justement...

☆

Ça se passe dans un club anglais. Un gentleman est en train de dîner, mais sa braguette est ouverte, ce sont des choses qui arrivent. Alors le majordome, très gêné, lui tend une soucoupe d'argent avec un billet à l'intérieur, un billet ainsi rédigé : « Veuillez me pardonner, Sir, mais vous avez la braguette ouverte. Post-scriptum : je vous aime. »

☆

C'est un mec enrhumé qui entre dans une pharmacie et qui dit :

– J'ai un petit rhume qui me tombe sur les bronches, là, alors on m'a dit de prendre un truc mais je ne sais pas comment ça s'appelle. Ça s'appelle... ça se finit par... par bite !

Alors le pharmacien :

– Oui, il vous faut de l'Antigrippine.

☆

Un oculiste belge a été accusé de bigamie. En effet, depuis quelques années, il portait des lunettes à double foyer.

☆

Une histoire triste. C'est un monsieur qui arrive à l'ANPE et qui demande :

– Vous n'auriez pas du travail pour moi, j'ai douze enfants !

Et l'employé lui répond :

– Qu'est-ce que vous savez faire d'autre ?

☆

Un accident se produit devant un magasin Mammouth. Deux agents de police arrivent quelques instants plus tard et il y en a un qui dit :

– Bon, alors on va dresser un constat. « Avant de trouver le susnommé accidenté devant le magasin Mammouth... » Tu notes ?

L'autre fait :

– Ouais ! Comment on écrit Mammouth ?

– Euh, m... a..., il y a deux « m » ? Ah, écoute, ils nous emmerdent, on n'a qu'à l'embarquer et le déposer devant le BHV !

☆

C'est un monsieur qui est très embêté. Il a quarante-cinq ans, il est marié, il a des enfants et une bonne situation mais, voyez-vous, il fait pipi au lit. Alors il va voir le docteur Jacquot, 12, rue de l'Abbé-Achevé, qui lui dit :

– Écoutez ! C'est très curieux ! D'après vous, d'où ça vient ?

– Eh bien, docteur, tous les soirs je fais le même rêve. Je rêve qu'il y a un nain qui vient me voir, un lutin si vous voulez, un lutin qui vient me voir et qui me dit : « Viens, je t'emmène ! » Moi, je lui demande où et il me répond : « Je t'emmène faire pipi ! » Alors moi dans mon rêve je me lève, je le suis, et paf ! tous les soirs c'est la catastrophe.

– Écouteezz ! Il n'y a qu'une solution, lui répond le docteur Jacquot, la prochaine fois que vous ferez ce rêve, quand le nain viendra vous voir et vous dira « Viens, je t'emmène faire pipi ! », vous lui répondrez « Non, je n'ai pas envie ». Vous verrez, ça devrait s'améliorer.

Six mois après le mec revient voir le docteur, mais dans un état !

Le docteur lui fait :

– Qu'est-ce qui vous arrive ?

– Eh bien j'ai perdu mon boulot, je vais divorcer et mes gosses se sont barrés...

– Mais vous n'avez pas fait ce que je vous avais dit ?

– Ben si, mais qu'est-ce que vous voulez ? Quand le nain arrive et me dit « Viens, je t'emmène faire pipi ! » et que je lui réponds que je n'ai pas envie, alors il me dit : « Bon, eh bien on va faire caca ! »

☆

Je connaissais un mec qui était tellement cocu, tellement cocu que lorsqu'il voulait coucher avec sa femme il fallait qu'il se déguise en voisin.

☆

C'est une petite poule qui est stérile. Alors elle pleure, la pauvre, elle pleure, elle pleure, et le coq gentiment la prend sous son aile et lui dit :

– Ne t'inquiète pas, si tu n'arrives pas à pondre, nous adopterons un œuf !

☆

Il y a un bal à l'ambassade d'Angleterre et François Mitterrand danse avec madame Thatcher. Ils sont là en train de danser, quand tout d'un coup, la « dame de fer », qui n'est peut-être pas bien, émet une flatulence.

Très gênée, elle dit à Mitterrand :

– Oh ! oh ! I'm sorry ! Je voudrais que ça reste entre nous !

Et Mitterrand lui répond :

– Moi je préférerais que ça circule dans la salle, vous voyez.

☆

Ça se passe à Marseille. C'est un gamin qui rentre de l'école avec un coquart, alors son père lui fait :

– Oh putaing ! Qui c'est qui t'a fait ça ?
– C'est un nouveau, il m'a frappé, fache de nine !
– Et tu saurais le reconnaître ?
– Ouais, facile ! J'ai son oreille dans ma poche !

☆

Ce sont deux messieurs qui se retrouvent dans une vespasienne. Ils font pipi côte à côte, fraternellement, et il y en a un qui fait à l'autre :

– Dites donc, vous, vous n'habitiez pas rue du Sentier ?

– Si, pourquoi ?

– Vous n'avez pas été circoncis en 1952 par le rabbin Martinez ?

– Si, si, comment vous le savez ?

– Parce qu'il circoncit en biais, et ça fait une heure que vous me pissez sur les godasses.

☆

C'est un monsieur qui entre dans une pharmacie, une pharmacie chic qui se trouve devant un évêché.

– Bonjour, Madame, je voudrais des préservatifs !

La pharmacienne fait :

– Oh ! Écoutez, Monsieur, pas ce mot-là ici ! Nous sommes en face d'un évêché et c'est une pharmacie respectable, alors dites un ticket de métro, voilà.

Une religieuse n'entend que la moitié de la conversation et descend pour prendre le métro. Comme il y a un monde fou devant le guichet, elle remonte à la pharmacie et dit :

– Donnez-moi un ticket de métro !

La pharmacienne :

– Oh ! Comment ! Vous, ma sœur ?

Et la sœur lui répond :

– Écoutez, je suis désolée, mais si vous saviez la queue qui m'attend en bas !

☆

C'est un monsieur qui entre dans un restaurant. Le patron regarde le client et le trouve quand même bizarre : à peine à table celui-ci se relève et descend aux toilettes. Quand il revient, il s'approche du patron, lui caresse les joues et lui fait :

– Il est bien, votre restaurant, il est très chic. J'aime le décor, le cadre et puis on mange bien.

Alors, le patron, un peu gêné, lui répond :

– Ah bon, alors vous êtes content ?

– Oui, je suis très content.

– Mais je peux savoir pourquoi vous me caressez les joues ?

Et l'autre lui fait :

– Mais parce qu'il n'y a plus de papier dans les toilettes.

☆

C'est un monsieur qui entre dans un bar, il a un perroquet sur l'épaule et n'a pas l'air commode.

– Je voudrais un whisky ! dit-il au serveur.

Le perroquet ajoute :

– Et pour moi, ce sera un Coca !

– Toi, tu fermes ta gueule.

Cinq minutes passent, et le client appelle de nouveau le serveur :

– Je voudrais un autre whisky !

Et le perroquet ajoute :

– Moi, je voudrais un Coca.

– Tu fermes ta gueule, j'ai dit !

Dix minutes après, ça recommence :

– Bon, donnez-moi un troisième whisky !

– Moi je voudrais un Coca !

– Écoute, si tu continues, je t'attrape et je te fous dans le mur. Un autre whisky !

Et le perroquet ajoute :

– Je voudrais un Coca !

Alors le type attrape le perroquet et le balance sur le mur ; le perroquet se cogne sur un crucifix, s'accroche à lui, regarde le petit Jésus et il lui fait :

– Toi aussi, tu voulais un Coca ?

☆

C'est une dame qui va chez le pharmacien, à Marseille, et qui dit :

– Bonjour, monsieur le pharmacien, je voudrais un savon de toilette à la chlorophylle.

Le pharmacien cherche le savon et dit :

– Madame, je n'en ai plus mais je vais en commander, té !

– Bon, eh bien j'enverrai mon mari le chercher.

– Votre mari ? Mais comment je vais le reconnaître ?

– C'est facile, c'est le seul qui a des moustaches vertes.

☆

À l'école il y avait un petit garçon, je me souviens qu'on se moquait de lui parce qu'il n'était pas très très futé. On lui faisait toutes sortes de blagues ; par exemple on lui disait :

– Tu connais Henri ?

– C'est qui, Henri ?

– C'est celui qui t'enfile dans le taxi !

Et tout le monde était mort de rire. À force, le pauvre, il en avait marre. Alors un jour, bon copain, je lui ai donné un conseil :

– Le prochain qui te fait ça, tu lui demandes s'il connaît Mario, et tu lui répondras c'est celui qui t'enfile dans le métro. Voilà.

Alors le lendemain il arrive, il va voir un copain et il lui demande :

– Dis, tu connais Mario ?

Et l'autre lui fait :

– Mario, c'est le copain d'Henri !

– C'est qui, Henri ?

☆

C'est un mec qui va chez le psychiatre et qui dit :

– Écoutez docteur, ça ne va pas, personne ne me prend au sérieux.

Et l'autre lui fait :

– Oh, oh ! Vous plaisantez ?

☆

C'est un type qui arrive dans un cirque et qui dit au directeur :

– Vous savez, j'ai un truc formidable comme numéro, je monte sur un tremplin, en bas je mets une bouteille et je plonge dans la bouteille.

– Vous vous foutez de ma gueule ? Il y a un truc !

– Bien sûr qu'il y a un truc : j'ai un entonnoir.

☆

Ce sont deux commerçants qui se rencontrent :

– Ça va, Maurice ? demande l'un.

– Non, ça ne va pas tellement, répond l'autre.

– Pourquoi ça ne va pas, pourquoi ?

– En ce moment, j'ai de l'urée.

Et l'autre fait :

– À combien le kilo ?

☆

C'est un lièvre qui traverse une route et qui se fait tamponner de plein fouet par une voiture. Il atterrit entre les pattes d'un taureau et le taureau lui dit :

– Eh ben, t'as pas l'air con, hein ! Avec les grandes oreilles que tu as, tu n'as même pas entendu la voiture !

Le lièvre ouvre un œil et lui répond :

– Et toi, avec ce que tu as entre les pattes, ça ne te gêne pas d'avoir des cornes ?

☆

C'est une dame qui va chez le docteur Jacquot et qui lui dit :

– Je viens vous voir pour mon mari. Je ne sais pas ce qu'il a mais il est en sueur quand il me fait l'amour la deuxième fois.

– Écouteezz ! C'est très curieux, s'étonne le docteur Jacquot. Racontez-moi ça...

– La première fois c'était en février, et la deuxième c'était au mois d'août.

☆

Quelle est la différence entre un juif et la marine ? Il n'y en a pas, les juifs et la marine marchandent !

☆

C'est un monsieur qui vivait en Afrique. Il travaillait sur un chantier et un jour il a eu un accident : une grosse poutre lui est tombée sur le bigoudi, alors on a été obligé de l'amputer, n'est-ce pas. Et il raconte ça à un copain :

– Eh bien oui, quand j'étais en Afrique j'ai eu un accident, on a été obligé de me couper le bigoudi et à la place on m'a greffé une trompe d'éléphant.

– Une trompe d'éléphant ?

– Eh ben oui. Au début ça surprend, mais enfin on s'y fait.

– Et tu arrives à vivre normalement avec ça ?

– Oui, j'arrive à vivre normalement. Il n'y a qu'un truc que je ne peux plus faire, c'est aller au restaurant chinois.

– Mais pourquoi ça ?

– Parce que dès que je ne fais plus attention, elle en profite pour me voler des « nems ».

☆

C'est un jeune Corse qui part sur le continent et auquel son père dit :

– Puisque tu vas sur le continent, fils, tu me ramèneras un perroquet. J'ai toujours voulu avoir un perroquet, ici il n'y en a pas.

Le jeune fait :

– Ouais, j'y penserai.

Puis il part sur le continent, il fait un peu la fête et, au moment de revenir en Corse, il s'aperçoit qu'il a oublié le perroquet. Alors il se précipite dans le premier magasin qu'il voit et demande :

– Vous n'auriez pas un perroquet ?

– Ah non, en oiseaux il ne nous reste pas grand-chose. On a un hibou si vous voulez, c'est tout ce qu'il nous reste.

– Un hibou ? Ça ne parle pas, un hibou ?

– Non, mais c'est tout ce que l'on a comme oiseau.

– Bon, tant pis, donnez-le-moi.

Il revient et donne le hibou à son père en lui disant :

– Voilà, papa, je t'ai acheté ton perroquet.

La semaine d'après, il lui demande :
– Alors, papa, tu en es content de ton perroquet ?
– Ouais.
– Il parle ?
– Non, mais alors les yeux qu'il fait quand il écoute !

☆

Ce sont trois enfants qui mangent avec leur papa. Alors le premier fait :
– Papa ! Tu as une nouille sur le coin de la gueule !
Le père lui fout une torgnole, paf !
– Ça t'apprendra à parler poliment !
Le deuxième lance à son frère :
– Je t'ai déjà dit qu'il ne fallait pas parler comme ça au vieux !
– Quoi ? Quoi ? Le vieux ?
Paf ! Le troisième ne dit rien mais s'écarte prudemment, et son père lui demande :
– Pourquoi tu t'écartes, puisque tu n'as rien dit ?
Et il lui répond :
– Je me méfie de toi, tu es tellement con !

☆

Une bonne nouvelle. En Israël, un professeur de médecine vient de trouver une méthode pour soigner les bègues. Vous savez comment il fait ? Eh bien il les fait téléphoner en Australie à leur propre compte.

☆

Ça se passe dans un appartement. Ce sont deux chats qui regardent un match de tennis à la télé et il y en a un qui demande à l'autre :

– Ça t'intéresse, toi, le tennis ?
– Non, pas tellement, mais, tu sais, j'ai un parent dans une raquette.

☆

Ça se passe dans la jungle et le roi des animaux, le lion, est d'une humeur guillerette ; c'est le printemps, il réunit tous les animaux et leur dit :
– Bon ! Écoutez, y en a marre, on change !
– Comment ça, on change ?
– Eh bien on change. Les hippopotames avec les crocodiles, les lions avec les autruches, vous faites ce que vous voulez. On va changer d'espèce, ça va être drôle.
S'ensuit une folle nuit dans la jungle. Le lendemain le lion passe et demande à tous les animaux :
– Alors, c'était comment, c'était chouette ?
L'hippopotame dit :
– Ah ! C'était pas mal, hein, c'était pas mal ! Je n'avais jamais essayé avec un crocodile, qu'est-ce que c'est drôle, hein. Ah ça, il faudra que l'on recommence, c'est une bonne idée.
Et puis il voit le chimpanzé qui n'en peut plus. Il fait :
– Ça n'a pas l'air d'aller ?
– Ah non, plus jamais ça ! Fini les conneries !
– Mais pourquoi ?
– J'ai essayé avec la girafe.
– Et alors ?
– Et alors, au moment de l'orgasme, elle veut qu'on l'embrasse sur la bouche !

☆

Ce sont deux copains qui discutent. Il y en a un qui dit à l'autre :

– Ça n'a pas l'air d'aller ?

– Non, ne m'en parle pas. Hier je rentre chez moi, et je trouve ma femme au lit avec un lumbago.

L'autre lui fait :

– Ah, ces Espagnols, tous des salauds !

☆

C'est un monsieur qui n'arrive pas à avoir d'enfant. Alors évidemment, sa femme et lui sont désespérés, d'autant qu'ils ont un voisin du dessus qui est italien et qui en a au moins quinze. Alors un jour le monsieur va voir son voisin et il lui demande :

– Comment vous avez fait, pour avoir quinze enfants ? Moi, ça fait des années que j'essaie, mais ça ne marche pas...

Et l'Italien :

– Essayez avec un savon et un balai !

– Un savon et un balai, mais pour quoi faire ?

– Avec le savon vous nettoyez votre femme, avec le balai vous tapez au plafond et je descends.

☆

C'est un Belge qui va voir sa fiancée et qui lui fait :

– J'ai une mauvaise nouvelle, il va falloir que nous rompions toi et moi, une fois. Je ne voudrais pas que tu le prennes mal, ma chérie, mais de toute façon, je ne pourrai pas t'épouser.

– Pourquoi ?

– Parce que chez nous, c'est une tradition, on se marie en famille. Regarde : mon père a épousé ma mère, et mon grand-père a épousé ma grand-mère.

☆

C'est un Suisse qui est en vacances sur la Côte d'Azur. À trois heures du matin, il réveille le portier de son hôtel et lui demande :

– Vous n'auriez pas un verre d'eau ?

Même chose un quart d'heure après :

– Vous n'auriez pas un autre verre d'eau ?

Le portier, en bâillant, lui donne ce qu'il demande et lui dit :

– Vous n'allez pas me réveiller toute la nuit avec vos verres d'eau !

Un quart d'heure après, le Suisse redescend et demande :

– Vous n'auriez pas un autre verre d'eau ?

– Eh, dites, vous êtes mort de soif, ou quoi ?

– Non, non, répond le client. Il y a le feu dans ma chambre...

☆

Ça se passe à Marseille, dans une école où il y a un cancre. La maîtresse lui dit :

– Didi, passe au tableau pour nous faire une équation.

– Non, j'veux pas.

– Pourquoi tu ne veux pas ?

– Fais caguer !

– Quoi ? Quoi ? Tu parles comme ça à ton institutrice ? Bonne mère !

– Fais caguer 'vec tes équations, eh con !

– Didi, ce soir, je vais aller voir ta mère !

– Je m'en cague.

Furieuse, l'institutrice se dit : « J'irai ce soir même »...

Et le soir, en effet, elle se rend chez les parents de Didi.

Elle sonne, et c'est une grosse matrone marseillaise qui ouvre :

Ouais, qu'est-ce que c'est ? !

– Vous êtes bien la maman de Didi ?...

– Ouais, qu'est-ce qu'il a fait ?

– Eh bien, écoutez, madame... je suis désolée de vous dire ça mais il a été grossier, il m'a parlé ce matin d'une manière... vraiment, je n'oserai pas vous répéter...

– Attendez cinq minutes... Didi ! Viens ici !

Le petit arrive et elle lui fait :

– Didi, tu as mal parlé à la maîtresse ? Bon, alors tu vois la tarte qui est grosse comme mon cul et avec des pruneaux comme les couilles de ton père ? Eh ben je veux bien me faire niquer si t'en as un morceau ce soir, fache de con !

☆

Ça se passe à la campagne, en plein hiver. Un petit oiseau a si froid qu'il peut à peine siffler ; en fait, il est presque mort. Un canard vient à passer et se dit : « Mais, il faut le réchauffer, ce pauvre petit oiseau. »

Alors il prend l'oiseau et le dépose au milieu d'une bouse de vache. Ça sent mauvais mais l'oiseau a chaud, il est content et se remet à chanter.

Quelques instants plus tard un renard vient à passer, entend l'oiseau, le repère et le bouffe.

La morale de cette histoire ? Il y en a trois :

– Lorsque quelqu'un vous met dans la merde, il n'est pas forcément animé de mauvaises intentions.

– Lorsque quelqu'un vous sort de la merde, il n'est pas forcément animé de bonnes intentions.

– Et quand on est dans la merde, il vaut mieux fermer sa gueule.

☆

C'est un monsieur qui va chez le docteur Jacquot.

– Dites-moi la vérité, lui demande-t-il, je me sens pas très bien...

– Écoutez, c'est très ennuyeux, dit le docteur Jacquot après l'avoir examiné. Enfin... crac-crac, comme vous êtes courageux, je vais tout vous dire : vous n'en avez plus pour longtemps.

– Un mois ?

– Un mois... et encore !

– Une semaine... Deux jours ?

– Écouteezz ! ! ! Pour être franc, à mon avis, demain matin à huit heures, vous ne serez plus là.

Le type rentre chez lui et dit alors à sa femme :

– Bon, chérie, j'en ai plus que pour une nuit. Alors on se fait une dernière bringue tous les deux, ce soir ? On se débouche une petite bouteille de champagne ?

– Bien sûr, mon amour, évidemment...

Ils font la fête, vont se coucher et, une fois dans le lit, il dit à sa femme :

– Dis, chérie, j'aimerais bien qu'une dernière fois on fasse vraiment l'amour, comme des bêtes... C'est la dernière fois, tu comprends, comme des bêtes !!!

Ils font l'amour une fois, deux fois, trois fois... cinq fois, six fois, sept, huit fois... À la neuvième fois, alors qu'il veut remettre ça, sa femme s'écrie :

– Ooohh, arrête ! On voit bien que ce n'est pas toi qui te lèves demain matin !

☆

C'est un Corse qui se présente à l'A.N.P.E. Il a un dossier incroyable. L'employé lui dit :

– Si je comprends bien, vous n'avez jamais travaillé et vous n'avez toujours pas de travail ?

– Non.

– Bon... Et à quoi attribuez-vous le fait que personne ne vous ait jamais embauché ?
– Té, à la chance !

☆

C'est une institutrice qui convoque une mère de famille. Elle lui dit :
– Écoutez madame, je vous signale que votre fils arrive tous les matins à l'école avec une jupe, des bas et du rouge à lèvres.
Et la mère, outrée, lui répond :
– Oh, pourtant je lui avais interdit de mettre les affaires de son père !

☆

Quand on est invité chez Bokassa, est-il recommandé de manger les frites avec les doigts ?
Non, il faut manger les doigts à part !

☆

C'est Guytou qui entre dans une librairie.
– Bonjour, madame, je cherche un livre, houhou...
– Oui, lequel ?
– « L'Homme, le sexe fort », c'est chou, non ?
– Les romans de science-fiction, c'est le rayon d'à côté ! ronchonne la vendeuse.

☆

C'est Philippe Bouvard qui reçoit une invitation à un cocktail. Il s'y rend et quand il revient, sa femme lui dit :
– Alors, la soirée s'est bien passée ?

– Eh bien c'était bondé, il y avait un monde fou, alors j'ai dû passer la soirée debout. Remarque, je ne regrette pas, il y avait les plus beaux genoux de Paris.

☆

C'est un monsieur assez âgé qui ne va pas très bien. Il arrive chez le docteur dans un état un peu curieux.

– Bonjour, docteur, je m'appelle Georges Choumar, j'ai soixante-dix ans, je suis célibataire et j'ai un petit pavillon à La Celle-Saint-Cloud.

– Bien, mais qu'est-ce qui vous amène ?...

– Ça ne va pas du tout. J'ai des étourdissements, des brûlures d'estomac à me rouler par terre et la tête prête à éclater... J'ai maigri de près de quarante kilos en un mois, j'ai quarante de fièvre tout le temps... Qu'est-ce que je dois faire ?...

– Attendez, dit le docteur en décrochant son téléphone. Allô, Georges ? Salut, mon pote. Dis-moi, tu cherches toujours un pavillon à La Celle-Saint-Cloud ?

☆

Ça se passe dans un poulailler ; il y a deux poules qui discutent et il y en a une qui dit, toute fière :

– Cot-cot-cot, hier j'ai pondu un œuf, cot-cot-cot, on l'a vendu vingt-cinq centimes... Cot-cot, et aujourd'hui, j'en ai pondu un autre, ils l'ont vendu vingt-six centimes.

Et sa copine lui répond :

– Et ça ne te gêne pas de te casser le cul pour un centime ?

☆

Ça se passe dans un monastère, chez les trappistes, où la discipline et la morale sont très rigoureuses. Chaque semaine le père supérieur confesse les moines.

– Alors, mon frère, avez-vous péché ?

– Eh bien voilà, mon père, j'ose à peine vous le dire...

– Dites, dites...

– J'ai embrassé la chèvre.

– Oh, quelle horreur, quelle horreur ! Vous me ferez trois cents *ave* et deux cents *pater* ! Au suivant !

– J'ai péché, mon père, j'ai embrassé la chèvre...

– Quelle horreur ! Trois cents *ave* et deux cents *pater*...

Et les uns après les autres, les moines de défiler et de confesser qu'ils ont embrassé la chèvre. Quand vient le tour du dernier, le père supérieur s'exclame :

– Évidemment, je suppose que vous aussi vous avez embrassé la chèvre?

– Non, pas du tout, mon père...

– Très bien, vous serez récompensé. Je vous offrirai une image pieuse qui représente sainte Blandine donnant la moitié d'une noisette à un pauvre... C'est très très bien, comment vous appelez-vous ?

– Je m'appelle La Chèvre, mon père.

☆

Quand un chirurgien belge se demande où a bien pu passer son briquet, il commence par réopérer tous ses malades qui se plaignent de brûlures à l'estomac !

☆

C'est un producteur qui fait venir des metteurs en scène :

– J'ai l'intention de faire un grand film sur la vie de Charles Aznavour. Et dans le rôle principal, on va prendre Jean-Paul Belmondo.

Un réalisateur s'étonne :

– Oui, mais enfin, c'est un peu idiot : pourquoi ne prendrait-on pas Charles Aznavour lui-même ?

– Non, non, il est trop petit ! rétorque le producteur.

☆

C'est une institutrice qui réunit ses petites élèves du cours préparatoire pour leur dire :

– Vous savez, demain il y a un grand événement : le président de la République François Mitterrand est en déplacement dans notre région et il va venir visiter notre école.

Les enfants s'écrient « Chouette ! » et il y a une petite fille qui demande :

– Madame, est-ce que je peux amener mes trois chatons ?

– Hum... si tu veux, tu peux amener tes trois chatons, mais pourquoi ?

– Parce que mes trois chatons, ils sont socialistes. Alors je vais les amener au Président, ça lui fera plaisir...

– Ah bon... eh bien oui, tu peux les apporter.

Le lendemain, la petite fille arrive les mains vides. L'institutrice lui demande alors :

– Tu n'as pas amené tes trois chatons ?...

– Non, je ne les ai pas amenés parce que depuis hier soir ils ne sont plus socialistes.

– Ah bon, et comment le sais-tu ?

– Parce qu'ils ont ouvert les yeux !

☆

C'est une dame qui s'est mariée une première fois et qui a eu six enfants. Elle s'est mariée une deuxième fois et elle a eu dix enfants. Une troisième fois et elle a eu neuf enfants. Quand elle est morte, dans le cortège un monsieur a dit : « Enfin réunies. » Son voisin lui a demandé : « Vous parlez de quoi ? » et l'autre a répondu : « Ben, de ses jambes ! »

☆

Deux jeunes filles discutent à New York. L'une dit à l'autre :

– L'autre jour j'étais chez moi, peinarde, un cambrioleur est entré dans la maison, et il m'a violée !

– Oh, et qu'est-ce que tu as fait ?

– Rien, je n'ai pas bougé, je n'ai pas crié, je n'ai pas parlé, je n'ai rien fait !

– Pourquoi ?

– Écoute, mon psychanalyste était en vacances ; alors je ne savais pas quelle attitude adopter...

☆

C'est un monsieur qui va voir un psychiatre :

– Écoutez docteur, c'est très ennuyeux... c'est à propos de ma femme. Pour tout vous dire : ma femme se prend pour une poule !

– Pour une poule ? C'est curieux, et ça fait combien de temps ?

– Cela fait environ deux ans.

– Vous auriez pu venir me voir avant !

– Je sais bien, mais moi j'adore les œufs frais !

☆

Un soir, dans un square, un couple est en train de folâtrer. On ne voit pas très bien ce qui se passe, mais par contre on entend :

– Oooh... Jean-Louis, Jean-Louis... Tu me fais mal, enlève tes lunettes.

Deux secondes après :

– Aaaahh, Jean-Louis, Jean-Louis ! Remets tes lunettes... tu lèches le banc !...

☆

Une dame très gentille se trouve au théâtre avec son mari. Au milieu de la pièce, elle lui dit :

– Chéri, tu sais, le monsieur qui est devant nous, juste devant, eh bien c'est Victor Hugo.

Surpris, le mari répond :

– Pff... Victor Hugo, ça fait cent ans qu'il est mort !

– Oh !... Il vient de bouger ! s'écrie la dame.

☆

C'est une jeune femme qui cède aux avances d'un monsieur. Elle fait l'amour avec lui pour la première fois. Le lendemain matin, très déçue, elle lui dit :

– Tu fais ça comme... vraiment, il n'y a pas d'autre mot : comme un lapin !

– Oh, faut pas exagérer ! De toute façon, c'est pas sur cinq secondes qu'on peut juger un mec !

☆

Un Marseillais entre dans un restaurant. Au mur, il voit un brochet empaillé d'au moins deux mètres de long ! Il dit alors :

– Eh ben putaing, celui qui a pris un poisson aussi grand que ça, ce doit être un sacré menteur !

☆

C'est un monsieur qui n'avait pas de chance, ni dans le travail, ni en amour, jamais. Il s'en plaignait d'ailleurs. Un jour, il rencontre un copain très pieux qui lui dit :

– C'est normal, c'est parce que tu ne crois pas en Dieu, tu n'as aucune religion... Si tu en avais une, n'importe laquelle, tu pourrais prier Dieu pour qu'il t'envoie la chance.

– Ah, tu crois ? lui répond l'autre.

Alors il décide de devenir musulman. Toute la journée il prie Allah de lui donner un peu de chance. Tous les jours pendant deux ans, trois ans... et toujours pas de chance. Alors il en a assez, et il décide d'essayer une autre religion, la religion juive.

– Ah ! Dieu des juifs, donne-moi de la chance, donne-moi de la chance !

Rien à faire, toujours pas de chance. Il entend parler du Tibet, alors il se fait bonze. Le crâne rasé, agitant des clochettes, il prie Bouddha, Krishna, mais rien n'y fait.

Il ne lui reste plus qu'à se convertir au catholicisme. Il entre donc dans une église et s'agenouille devant le Christ en priant :

– Donne-moi la chance, Jésus !

Et voilà Jésus qui le regarde et lui dit :

– Tu en as, de la chance !

L'homme n'en croit pas ses oreilles : après des années de prières, Jésus lui dit qu'il a de la chance !

– C'est merveilleux, Seigneur, et quelle chance ?

– T'as de la chance que j'aie les pieds et les mains attachés sinon je t'en aurais mis une, espèce d'enfoiré !

☆

Ça se passe dans un avion. Il y a des traînées de fumée, l'hôtesse, affolée, s'adresse aux passagers :

– Mes, mes, mesdames, Mémémé... Messieurs... l'avion va s'écra-cra... s'écra-cra... l'avion va-s'é-cra-cra...

Le steward l'interrompt alors et lui dit :

– Bon, bon, si vous n'arrivez pas à le dire, vous n'avez qu'à le chanter !

L'hôtesse commence donc à chanter :

– L'a-vion on va tomber é...

Et tous les passagers :

– Larirette, larirette è-te !

☆

Ce sont trois petits garçons qui discutent dans la cour de récréation :

– Moi, mon papa, il est très fort, dit le premier. Il conduit le TGV, il met deux heures pour faire Paris-Lyon !

– Le mien, il est plus fort, dit le deuxième. Il conduit le Concorde, il met deux heures pour aller à New York !

– Ben mon papa, dit le troisième, il est plus fort que tout le monde : il travaille dans l'administration. Il quitte à cinq heures, et à quatre heures il est déjà à la maison !

☆

Dans une clinique, une dame est sur le point d'accoucher. Elle va avoir des jumeaux. Les deux bébés, peinards dans le ventre de leur maman, discutent tandis que le chirurgien commence les premières manipulations. Il y en a un qui dit :

– Regarde, regarde : c'est papa !

– Non, c'est pas papa. C'est un invité : il a des gants ! lui répond son frère.

☆

Une institutrice entre dans sa classe. Elle voit marqué au tableau : « Hervé a une grosse zézette. »

Elle s'écrie :

– Hervé, viens ici petit voyou ! Tu resteras avec moi à la fin de la classe !

Alors le môme il dit :

– Vous voyez que ça sert, la pub !

☆

Des cannibales ont attrapé une superbe femme blonde. Ils l'attachent à un poteau au centre du village. Le chef cuisinier vient voir le roi de la tribu et lui dit :

– Bon, eh bien, chef, la blonde, vous voulez la manger quand ?

– Je la mangerai demain.

– Bon, vous la voulez pour le déjeuner, ou pour le dîner ?

– Vous me l'apporterez au petit déjeuner, et exceptionnellement, je sens que je vais prendre le petit déjeuner au lit...

☆

Je suis allé à Varsovie il n'y a pas longtemps, et j'ai été très gentiment accueilli par des amis polonais. Ils m'ont dit :

– Si vous avez besoin de quoi que ce soit, n'hésitez pas à nous en parler, on vous expliquera comment on fait pour s'en passer !

☆

C'est un monsieur qui doit se faire opérer de l'appendicite. Et bien sûr, comme chaque fois qu'on est opéré de la région du bas-ventre, il doit être rasé. L'infirmière attrape donc le zizi du monsieur et commence à le raser. Au bout d'un certain temps le patient lui dit :

– Vous pouvez le lâcher, maintenant il tient tout seul !

☆

C'est un gars qui va chez le dentiste et qui lui dit :

– Docteur, je ne sais pas quoi faire, j'ai les dents jaunes.

Et le dentiste lui répond :

– Eh bien mettez une cravate marron !

☆

C'est une dame belge qui entre dans un commissariat de police :

– Monsieur l'inspecteur, c'est affreux ! Mon fils a disparu depuis trois mois...

– Comment est-il ? lui demande l'inspecteur.

– Oh, il est très gentil, il m'écrit tous les jours !

☆

Henri Krasucki visite un laboratoire en Union soviétique. Il y a là un savant russe qui lui dit :

– Moi inventé pilule extraordinaire pour faire parler les animaux. Animal avaler pilule et lui parler après.

« Ah bon, euh, d'accord, ben si j'arrive à faire parler les animaux, on va pouvoir discuter avec eux, et après je leur ferai prendre la carte de la C.G.T., aux animaux... » se dit Krasucki. Et il prend la boîte de pilules puis se rend au jardin zoologique de Thoiry.

Là, il s'approche de la fosse des ours, il leur donne des pilules et les ours se mettent à parler...

– Alors, maintenant que vous parlez, vous ne voulez pas adhérer à la C.G.T. ? demande Krasucki à l'un d'eux.

L'ours répond :

– Oh non, vous savez, moi, ça ne m'intéresse pas. Regardez : j'ai ma fourrure, ma femme a sa fourrure, ma fille a sa fourrure, qu'est-ce que vous voulez que je foute à la C.G.T. ?!

Krasucki s'approche alors du bac aux tortues, leur donne des pilules et leur demande si elles veulent adhérer à la C.G.T. Une tortue répond :

– Mais non, ça ne m'intéresse pas, regardez : j'ai ma maison, ma femme a sa maison, mes enfants ont leur maison, ça ne m'intéresse pas !

Le pauvre Krasucki, il en a marre, et il s'approche finalement des crocodiles, leur donne des pilules et leur demande :

– Et vous, maintenant que vous parlez, vous ne voulez pas adhérer à la C.G.T. ?

Et le crocodile de répondre :

– Ah si, moi ça m'intéresse d'adhérer à la C.G.T. parce que j'ai une grande gueule, ma femme a une grande gueule, mon fils a une grande gueule...

☆

C'est un type qui se présente au commissariat de police :

– Voilà, ma femme est partie il y a deux jours, elle m'a dit qu'elle allait se suicider. Je viens voir si vous n'avez pas retrouvé son corps...

– Je vais téléphoner à la morgue, lui répon[d] l'agent. Est-ce qu'elle avait un signe particulier ?

– Oui, elle était bègue !

☆

C'est l'histoire d'une dame qui a un gros problème parce qu'elle a la poitrine plate, ses seins ressemblent à des gants de toilette. Elle va voir le docteur Jacquot, 12, rue de l'Abbé-Achevé, qui lui dit :

– Écoutez !!! Ça tombe bien, j'ai une méthode extraordinaire, toute nouvelle : tous les matins, vous allez vous masser la poitrine comme ça, avec les mains, en chantant.

– En chantant ?

– Eh oui, car le fait de chanter, ça fait pénétrer l'air dans le thorax et vous verrez qu'au bout d'un moment votre poitrine va regonfler...

– Mais, qu'est-ce que je chante, docteur ?

– Écouteezz !! Je ne sais pas ! Chantez « Au clair de la lune ».

Alors, tous les matins, la dame se met devant son miroir en se massant la poitrine et chante « Au clair de la lune ». Au début elle n'y croit pas trop, et puis finalement, au bout d'une semaine, elle s'aperçoit que c'est quand même efficace. Alors elle décide de continuer.

Un matin, elle se réveille en retard et oublie de se masser. Elle s'en aperçoit dans le métro : tant pis, elle décide de faire son massage sur le quai de la station et commence à chanter : « Au clair de la lune, mon ami Pierrot... »

Tout à coup, un type la regarde et lui dit :

– On doit avoir le même docteur, madame.

– Ah bon, pourquoi ça ? demande la femme.

Le type baisse alors son pantalon et reprend : « Ma chandelle est morte, je n'ai plus de feu... »

☆

L'histoire se passe à Marseille. Une assistante sociale va voir un père de famille et lui dit :

– C'est une honte. Non seulement vous n'envoyez pas votre fils de dix ans à l'école, mais en plus toute la journée vous le faites traîner dans les bistrots à jouer à la belote !

– Eh, fache de nine, qu'est-ce que ça peut faire ? Il a quand même appris à compter... Heing, Marcel, heing que tu sais compter, montre-lui à la dame, té !

Et le garçonnet fait :

– Un, deux, trois, quatre, cinq, six, sept, huit, neuf, dix, valet, dame, roi.

☆

C'est une dame un peu snob qui dit à son mari :

– Charles-Édouard, j'aimerais passer des vacances dans un endroit où je ne suis jamais allée, j'ai besoin de dépaysement, meerde quoà !

Et son mari lui répond :

– Pourquoi t'irais pas à la cuisine ?

☆

C'est un couple de Belges qui assiste à une conférence à la salle Pleyel, une conférence sur Napoléon.

– Et c'est en 1840, dit le conférencier, que l'on a ramené en France les cendres de l'Empereur.

Alors le Belge dit à sa femme :

– Je ne savais pas qu'il était mort dans un incendie !

☆

C'est un monsieur ivre mort qui se dit :

– Je ne peux pas rentrer chez moi dans cet éta
je vais aller au cinéma.

Au cinéma, la caissière lui demande :

– Vous voulez orchestre, balcon ou mezzanine ?

L'ivrogne répond :

– Oh, ce que vous voulez, mais surtout pas de mélange !

☆

C'est un petit garçon qui se rend au confessionnal :

– Eh bien voilà, mon père, je m'accuse de m'être livré, surtout le soir, aux plaisirs solitaires.

– Mon enfant, dit l'abbé Favier, c'est une très mauvaise habitude pour deux raisons. La première, c'est que ça fait perdre la mémoire, la deuxième, la deuxième... Merde, j'ai oublié !

☆

C'est un type qui va voir un de ses copains à l'hôpital.

– Mon pauvre vieux, qu'est-ce qui t'est arrivé ?

– Oh, c'est tout con, c'était à la chasse. J'étais au Canada, et l'ours des montagnes...

– L'ours t'a attrapé ?

– Non, pas du tout, je vais te raconter. J'ai demandé à un vieil Indien comment on faisait pour pister l'ours des montagnes. Il m'a dit : « C'est très simple, il y a un grand chemin, tout droit, qui mène à l'entrée d'une grotte. Vous allez là avec votre fusil. Et l'ours des montagnes, il faut l'attirer, alors vous imitez son cri. Vous faites ouh, ouh... » J'y suis allé, j'ai vu le chemin, je me suis mis à l'entrée de la grotte, j'ai fait ouh, ouh, ouh...

– Et l'ours est arrivé ?

– Non : le train est arrivé !

☆

Deux copains s'ennuient dans un café. Ils ne savent pas quoi faire. Tout à coup, il y en a un qui dit :

– Bon, écoute, on va jouer aux devinettes.

– T'as raison, ça fera passer le temps.

– Voilà, tu dois deviner qui je suis. Écoute : j'ai les yeux de Sophie Marceau, j'ai la bouche de Catherine Deneuve et la poitrine de Gina Lollobrigida, qui suis-je ?

Et l'autre fait :

– Tais-toi, embrasse-moi.

☆

C'est un jeune couple qui va se marier.

– Mon chéri, tu sais, on n'a pas d'argent... Comment on va faire, au début ?

– Ça ne fait rien, ma chérie, on vivra d'amour et d'eau fraîche...

Et ils se marient... Un soir, le jeune marié rentre chez lui, et il voit sa femme nue qui descend la rampe de l'escalier à califourchon.

– Mais qu'est-ce que tu fais ? lui demande-t-il.

– Tu vois, je fais réchauffer le dîner !

☆

Ce sont deux petites filles de dix ans qui prennent une douche ensemble, et il y en a une qui dit à l'autre :

– T'as vu, j'ai des poils !

Et l'autre lui demande :

– Ça ne te pose pas de problèmes, quand tu fais l'amour ?

☆

C'est un Écossais qui dit à un autre :

– Vous savez, chez moi, tous les vendredis on mange de la soupe de poisson.

– De la soupe de poisson ? mais c'est horriblement cher !

– Non, ça ne coûte rien : le vendredi, c'est le jour où ma femme change l'eau de l'aquarium !

☆

C'est l'histoire de deux bonnes sœurs qui font du stop. Une prostituée s'arrête et leur fait signe de monter dans sa voiture, une très très belle voiture.

– Oh, ça doit coûter cher, une belle voiture comme ça ? dit l'une des sœurs.

– Un mois d'amour avec un industriel !

– Oh... Et un manteau de vison comme le vôtre ?

– Quatre nuits d'amour avec un fils de famille.

– Oh... et votre rivière de diamants ?

– Une semaine d'amour avec un milliardaire.

Alors l'autre bonne sœur s'exclame :

– Ben dis donc, il nous a bien eues, le curé, avec ses porte-clés !

☆

C'est un jeune Belge qui raconte à un copain :

– Dis donc, il m'est arrivé une drôle d'histoire sur le tronçon d'autoroute qui mène jusqu'à Bruxelles, une fois : une fille formidable faisait du stop. Je la fais monter, elle s'assied à côté de moi et hop ! on démarre. Elle me demande si je peux l'emmener à Bruxelles. Pas de problème, je lui réponds. Et puis, pendant le voyage, je lui ai un peu caressé le genou. Alors, elle m'a dit : « Vous pouvez aller plus loin... » Eh bien, figure-toi, on est allé jusqu'à Anvers !

☆

Ça se passe à la faculté de médecine. Ginette y fait ses études, elle est déjà en troisième année. Un jour, elle demande à son professeur d'anatomie :

– Oh là là !!! Professeur, excusez-moi de vous demander ça, aow... La question me travaille depuis tout à l'heure, aooww, je ne sais pas comment dire, aooowww... Est-ce qu'il y a une corrélation entre le nerf optique et le trou du cul ?

Très embarrassé, le professeur réfléchit et bafouille :

– Euh... Pourquoi, mais... Pourquoi me demandez-vous cela ?

– Eh bien parce que l'autre jour je me suis disputée avec Jean-Loup, c'est mon fiancé ; et quand il m'a foutu un coup de pied au cul, j'en ai eu les larmes aux yeux !

☆

C'est François Mitterrand qui prend un bain moussant. Danièle rentre à l'improviste dans la salle de bains et s'écrie :

– Ooohh ! Mon Dieu !

– Danièle, tu sais bien que dans l'intimité tu peux m'appeler François...

☆

Madame Grinder est très malheureuse : elle avait un très beau chat angora, un chat de race, et il est mort. Elle va voir le vétérinaire pour lui demander des explications.

Le vétérinaire lui explique :

– Vous savez, tous les chats ont l'habitude de se lécher, seulement il arrive que les poils se collent sur la langue et qu'une fois arrivés dans l'estomac ils forment une boule compacte qui provoque une sorte d'étouffement.

– Eh ben, chhh ! s'exclame Madame Grinder. Je comprends de quoi est mort mon pauvre marichchch !!!

☆

C'est Jean-Loup qui est impatient de « concrétiser » avec Ginette. Un soir, il la ramène devant chez elle et se dit : « Tant pis, je tente ma chance ! » Il stoppe la voiture, ouvre sa braguette, sort son instrument, prend la main de Ginette et la referme sur lui.

– Oh là là, mais t'es fou ! s'écrie Ginette. T'es dégueulasse, aoww ! Non, il n'en est pas question, arrête ! T'es con ou quoi, aoww ?

Et elle sort comme une folle de la voiture, rentre dans son immeuble, monte chez elle, ouvre la porte, entre dans son salon, se met à la fenêtre et s'écrie :

– Jean-Loup, je n'ai qu'une chose à te dire : je ne veux plus te voir !

Et l'autre, dans sa voiture, lui répond :

– Moi aussi j'ai une chose à te dire : lâche-la !

☆

Ce sont deux Bédouins qui discutent en plein milieu du Sahara :

– Alors, ton permis de conduire, tu l'as eu ?

– Penses-tu ! L'examinateur m'a fait emprunter le parcours le plus difficile : celui où il y a un palmier !

☆

C'est Ginette qui se promène au bois de Boulogne la nuit, main dans la main avec son fiancé (ils se sont réconciliés).

– Oh là là ! Tu entends, dit Ginette, comme c'est romantique, aow, tous ces grillons...

– C'est pas des grillons, c'est des fermetures Éclair !

☆

Ce sont deux explorateurs belges qui se croisent dans le Sahara. Ils se sont perdus.

– On va mourir ici, dit le premier. Ça fait quinze jours que je n'ai pas bu un verre.

– Moi non plus, une fois...

– Tiens, vous êtes belge? Moi aussi ! C'est drôle de se rencontrer en plein désert ! Vous êtes d'où ?

– De Bruxelles.

– Ah ça, une fois, c'est incroyable, moi aussi je suis de Bruxelles ! Et vous habitiez où, à Bruxelles ?

– J'habitais place de Broukère.

– Oh c'est pas possible, moi aussi j'habitais place de Broukère ! À quel numéro ?

– J'habitais 3, place de Broukère.

– Oh, moi j'habitais 2, place de Broukère... C'est con, on aurait pu rentrer ensemble !

☆

Un brave travailleur immigré qui n'a jamais fait de mal à personne meurt et se retrouve devant l'agence de voyages du Paradis.

– Le paradis, lui dit saint Pierre, c'est trois semaines de vacances idéales : tous les soirs Dieu vous attend au bar pour vous servir un « Tropico » !...

L'immigré hésite. Alors le diable arrive et lui dit :

– L’enfer, ça swingue ! Des groupes pop, des gonzesses partout, des super cocktails, des éclairages au néon, et tout et tout !

–J’i sais pas, j’isite... j’i mi tâte... ji veux voir, on ne sait jamais...

Et le diable lui fait visiter l’enfer : en effet, c’est une boîte de nuit avec des néons partout ; il y a un groupe rock absolument délirant, les serveuses sont bien roulées... Bref, le gars se décide :

– Bon d’accord, j’i choisi l’enfer, j’i m’inscris, j’i viendrai demain.

Le lendemain, il arrive et sonne, tout content. Hélas, tout a changé. L’enfer n’est plus une boîte de nuit mais une espèce d’énorme cuve avec de la braise. On le fout dedans et on lui tape sur la tête.

– Arrêtez, arrêtez, s’écrie-t-il. J’i suis venu hier, y avait des groupes rock et des gonzesses, aujourd’hui on mi fout dans le feu et on mi tape sur la gueule, c’est dé l’abus de confiance !

Alors le diable lui dit :

– Eh ! il ne faut pas confondre tourisme et immigration quand même !!

☆

C'est Maurice qui va voir le rabbin et lui demande :

– Pour un enterrement de première classe, c’est combien ?

– Avec la prière, tout le cérémonial, ça va chercher dans les... Attendez que je calcule, mon fils, que je dise pas de bêtises. Ça va chercher dans les cent cinquante mille francs.

– Aïe, aïe, aïe ! Et l’enterrement de seconde classe ?

– Je mets le costume simple, sans la prière... Ça va chercher dans les cent mille...

– Aïe aïe aïe ! Mais c'est pas possible, mais c'est la ruine ! Et en troisième classe ?

– Alors en troisième classe, je réfléchis bien, je dis juste une petite prière de bienvenue... Ça ira chercher dans les trois mille francs. À ce prix-là, c'est donné.

– ... Et si je fournis le mort ?

☆

C'est Ginette qui va voir le docteur Jacquot, qui habite toujours 12, rue de l'Abbé-Achevé. Elle qui lui explique :

– Oh là là, docteur, je vais me marier...

– Écoutez, c'est une bonne nouvelle !

– Le problème c'est que je vais me marier avec Maurice, aow et que je ne suis plus vierge ! S'il s'en aperçoit, il est capable de ne plus vouloir de moi... Comment je vais faire, aow ?

– Écoutez, rien de plus simple : je vais vous donner une pommade qui a, comment dirais-je, des facultés rétrécissantes. Après un ou deux badigeons il n'y paraîtra plus.

– Oh là là, vous êtes sûr ?

– Écouteezz !!! Vous verrez...

Ginette achète la pommade et va se marier. Le lendemain, c'est Maurice qui arrive chez le docteur Jacquot.

– Alors, comment allez-vous ?

Et l'autre lui tend un papier où il est écrit : « Je ne peux plus ouvrir la bouche, faites quelque chose ! »

☆

C'est un extraterrestre qui arrive sur terre. Il entre dans un café, voit Serge Gainsbourg et lui fait : « Tiens, t'es déjà là ?! »

☆

Ça se passe dans le Japon médiéval, à l'époque où on formait les samouraïs en leur apprenant des arts martiaux particulièrement redoutables, et c'est le jour de l'examen : on bande les yeux de trois samouraïs, on lâche une mouche, et ils doivent la couper en deux avec leur sabre.

Le maître donne le signal au premier samouraï. On lâche la mouche. On entend zzz, zzz, le samouraï se concentre et, avec un cri effroyable, abat son sabre et coupe la mouche en deux.

– Excellent, au deuxième ! annonce le maître en lâchant une mouche encore plus petite.

Bzzz, bzzz... Concentration, cri de guerre, chlap ! Réussi...

Vient le tour du troisième. On lâche une toute petite mouche... mzzzi, mzzzi... Le samouraï se concentre, lance son cri et fend l'air de son sabre.

– Loupé ! annonce le maître.

– Non, je n'ai pas loupé !

– Si, vous avez loupé ! insiste le maître.

– Non, je n'ai pas loupé, affirme le samouraï ; regardez cette mouche de plus près : elle ne pourra plus jamais se reproduire !

☆

C'est une dame qui a un très fort accent et qui va chez le docteur.

– Écoutez, docteur, en cé moment, jé naye pas la forme di tout.

– Eh bien, asseyez-vous, Madame...

– Ji paye pas, ji paye pas !

– Mais, Madame, je ne vous demande pas d'argent, asseyez-vous...

– Ji paye pas, ji paye pas !

– Mais, Madame, c'est cinquante francs, ce n'est pas cher... Je vous en prie, asseyez-vous !...

– Ji paye pas, ji paye pas !

– Écoutez, cinquante francs, c'est pas cher !

– Ji paye pas, ji paye pas !

– Bon, alors c'est gratuit. Asseyez-vous !

– J'y paye pas, j'y paye pas m'asseoir !!

☆

C'est un monsieur complètement ivre qui entre dans un bar. Au comptoir, il y a un Sénégalais qui est en train de boire son apéritif. L'ivrogne lui dit :

– Eh dites donc... vous êtes noir !

– Laissez-moi tranquille. Laissez-moi boire mon apéritif tranquillement, pour moi-même. Je suis là calmement en train de boire mon guignolet-kirsch, et vous venez gaspiller l'ironie pour moi, hé ?

– Mais non, je déconne pas... vous êtes noir !

– Vous commencez à m'énerver... Arrêtez, hein !

– Non, non, je déconne pas, vous êtes noir !

– Vous, Monsieur, vous êtes ivre, mouiii !

– Peut-être, mais moi, demain, ça ne se verra plus !

☆

C'est un monsieur qui va voir son avocat et qui lui dit :

– Je ne veux plus supporter ma femme, je veux divorcer parce qu'elle a des habitudes vraiment trop répugnantes, mais dégueulasses... elle est d'une saleté !

– Ah bon ? Vous pouvez me donner un exemple ?

– Écoutez, chaque fois que je vais pisser dans l'évier, il est plein de vaisselle sale ; vous trouvez ça normal, vous ?

☆

C'est le chef Raoni qui est invité à l'Élysée par François Mitterrand. On sert des escargots au dîner et le chef Raoni les mange entiers, avec la coquille.

François Mitterrand tente discrètement de lui dire comment on mange les escargots, mais rien à faire... À la fin du repas, le chef Raoni dit à Rocard :

– Dites donc, il n'est pas un peu obsédé sexuel, votre Président ?

– Non, pourquoi ? lui demande Rocard.

– Parce que pendant tout le dîner il n'a pas arrêté de me dire : « Sors la petite bête, sors la petite bête ! »

☆

C'est un monsieur qui est accusé de viol. Le juge d'instruction organise une confrontation et demande à la victime :

– Est-ce bien cet homme qui vous a fait subir les derniers outrages ?

– Parfaitement, je le reconnais.

– Très bien, veuillez dire à la Cour quand cela s'est passé.

– Eh bien c'était il y a un mois, il y a quinze jours, la semaine dernière, et avant-hier !

☆

Ça se passe dans un restaurant. Un client se met debout sur sa table et dit :

– Mesdames, Messieurs, je viens de perdre mon portefeuille ! Il y avait mille francs dedans, j'offre dix francs à celui qui me le retrouve !

Alors on entend une petite voix du fond de la salle :

– Moi j'offre vingt francs !

☆

Les écrivains s'amusent parfois à écrire des petits poèmes coquins. On en a retrouvé un de Victor Hugo, un genre de fable qui s'appelle « Le Papillon et la Pie » :

Un papillon près d'une pie passa
Mais la pie ne le happa pas.

Moralité : « Ah le bel appât que la pie n'happa pas ! »

☆

Ça se passe dans un wagon-lit. Un voyageur s'installe sur sa couchette et s'apprête à s'endormir quand son voisin se met à répéter :

– Oh, ce que j'ai soif ! Mon Dieu, ce que j'ai soif... Ooohh ce que j'ai soif ! Mais ce que j'ai soif...

Le voyageur fatigué s'impatiente :

– C'est bientôt fini, oui ?!

– Aaahh ce que j'ai soif ! Ce que j'ai soif !

Finalement le voyageur se lève, va au wagon-bar, achète une bouteille d'eau minérale, la rapporte et la donne à son voisin. Et quelques minutes après, le voisin se met à répéter :

– Aaahhh ! ce que j'avais soif ! Mais, ce que j'avais soif ! Ooohhh ce que j'avais soif !...

☆

Pendant la guerre, deux espions belges décident d'assassiner Hitler. Ils font une enquête et découvrent que le Führer se rend chaque jour chez une prostituée, à onze heures trente précises.

Le lendemain, à onze heures trente, les deux Belges se postent au coin de la rue, près de la maison close, un revolver à la main, et attendent Hitler.

Onze heures trente, rien. Midi, rien. Midi trente, toujours personne. Une heure, toujours rien. Alors l'un des deux Belges dit à l'autre :

– Ben dis donc, pourvu qu'il ne lui soit rien arrivé, une fois !

☆

Ça se passe dans un bistrot près des Halles et ce sont deux routiers, balèzes et très poilus, qui discutent. Il y en a un qui fait :

– Ce que les gens sont cons ! Hier, j'étais là, je prenais mon guignolet-kirsch peinard, il y a deux petits cons qui rentrent et qui me traitent de pédé !

– T'avais qu'à leur courir derrière pour leur foutre ta main sur la gueule !

– Eh quoi, tu crois que c'est facile de courir avec une jupe ?

☆

C'est un monsieur qui va se confesser. Il va voir le père Favier et lui dit :

– Écoutez, mon père... je suis très embêté... j'ai fauté avec une femme qui n'était pas la mienne, voilà.

– Était-ce contre son gré, mon fils ?

– Ah non, non, c'était contre le mur !

☆

Ce sont trois religieuses qui sont entendues en confession, toujours par le père Favier. La première dit :

– Oh, mon père, j'ai fait quelque chose d'horrible ! Figurez-vous que j'ai vu les...

– Allez vous laver les yeux à l'eau bénite et retrouvez la paix du Seigneur, ma fille...

La deuxième religieuse entre dans le confessionnal :

– Mon père, j'ai fait quelque chose d'horrible ! Figurez-vous que j'ai touché les...

– Allez vous laver les mains à l'eau bénite, ma fille, et retrouvez la paix du Seigneur...

Un peu plus tard, la troisième bonne sœur sort du confessionnal en hurlant :

– Écartez-vous, les filles, il faut que je me gargarise !

☆

C'est un monsieur très tourmenté qui va voir son psychanalyste. Le docteur lui montre des dessins.

Le premier est un carré :

– C'est quoi ça ?

– Euh... Une femme à poil... complètement à poil !

Le docteur acquiesce et lui montre un rond :

– Et ça, c'est quoi ?

– Eh bien... C'est une femme à poil. Totalement à poil.

Le docteur passe au rectangle et demande à son patient :

– Et ça?

– Oh là là, c'est une femme à poil qui prend son bain ! Elle est à poil, et la baignoire aussi, ils sont tous à poil !

– Vous êtes vraiment un cas d'obsession sexuelle caractérisé.

– Ça va pas, non ? Qui c'est qui me montre des images porno ?!

☆

C'est Ginette qui veut se payer des émotions fortes. Elle a entendu dire que les routiers sont dragueurs, alors elle se met à la sortie d'une autoroute et commence à faire du stop. Cinq minutes après, un routier la prend en charge. Manque de chance, le type est obsédé par son travail, il ne pense qu'à son camion et ne la regarde même pas.

– Je vais le doubler, celui-là, dit-il en conduisant. Quelle suspension pour un trente tonnes, regardez comme je double en douce !

Ginette commence à déboutonner sa chemise pour l'exciter. Le mec fait :

– Cette fois, je vais rétrograder. Vous allez voir comme un trente tonnes ça rétrograde en douceur... Regardez, hop, un petit coup sur le patin, hop !

Ginette déboutonne son jean et le mec fait :

– Alors là, maintenant, regardez ! Regardez comme je négocie le virage, là !

Et Ginette :

– Oh là là ! ça vient, aow ?

– C'est pas un Saviem, c'est un Berliet !

☆

C'est un V.R.P. qui roule sur une nationale en direction du Sud-Ouest. Tout à coup, il lit sur un panneau : « Dans cinquante kilomètres, vous verrez le claque de la mère La Fourcade. »

Dix minutes plus tard, un autre panneau : « Plus que trente kilomètres avant de visiter le claque de la mère La Fourcade. » Puis encore un autre : « Attention, plus que cinq kilomètres et vous serez dans le claque de la mère La Fourcade! » « Qu'est-ce que c'est que ça ? C'est pas possible! » pense le conducteur.

Enfin, un panneau lui indique : « À deux cents mètres, le claque de la mère La Fourcade. »

Le V.R.P. s'arrête et, effectivement, il voit une maison un peu rococo. Il entre. Là, il y a un grand panneau et une espèce de guichet de réception avec une caisse : « Mettez cinq cents francs pour connaître tous les plaisirs offerts par la mère La Fourcade. »

Le V.R.P. met cinq cents francs. Un nouveau panneau apparaît : « Entrez et vous connaîtrez les délices du claque de la mère La Fourcade. » Il pousse la porte et tombe dans un trou noir en se faisant très mal. Le V.R.P. gratte une allumette et lit sur le dernier panneau : « Vous venez de vous faire baiser par la Mère La Fourcade ! »

☆

C'est une Ginette qui va chez le pharmacien :

– Bonjour... je voudrais, oh là là... je voudrais une douzaine, aow... de préservatifs.

– Certainement, mademoiselle. De quelle taille ?

– Bien faites-moi un assortiment, c'est pour faire une surboum.

☆

C'est madame Grinder dans un salon de thé. Un serveur sénégalais lui apporte un gros plateau plein de gâteaux, et elle fait son choix.

– Je prendrai cette meringue, chhh, voyons voir... et puis cette religieuse, chhh... Et tant pis si je fais une folie, je prendrai aussi ce gros éclair au chocolat !

Le serveur, affolé :

– Mon doigt ! mon doigt !!!

☆

Un petit garçon est tombé dans la Seine. Un jeune homme très sportif s'avance, enlève sa veste, plonge et ramène le petit. Alors le grand-père, qui attendait sur le pont, dit au jeune homme :

– Dites donc, mon gars, c'est vous qui avez plongé dans l'eau pour sauver mon petit-fils de la noyade, en plein mois de décembre ?!

– Oui, c'est moi.

– Et son béret alors ?...

☆

C'est le roi Dagobert qui se marie avec la reine Berthe. Saint Éloi, qui est ministre, se demande comment peut bien se dérouler la nuit de noces. Il passe devant la chambre du roi et entend la reine qui gémit :

– Oh ! Houhouhou !!

Saint Éloi se dit que tout va bien et va se coucher. Mais comme les gémissements deviennent des cris, il ne peut pas s'endormir. À bout de nerfs il prend alors un balai et, en frappant au plafond, s'écrie :

– Hé, Sire, une seconde, on ne peut plus dormir !

– C'est bon, répond le roi, je vais la remettre à l'endroit !

☆

Ce sont deux pirates qui se rencontrent à La Rochelle au XVIIe siècle. Le premier dit à l'autre :

– Ben dis donc, t'es en piteux état, mon p'tit père ! T'as plus de jambe !

– Ben non, c'est un boulet de canon anglais qui me l'a emportée. Alors, on a mis un pilon...

– Mais tu n'as plus de main non plus, on t'a mis un crochet ?!

– Ça c'est un boulet espagnol. J'étais sur le pont, j'ai tendu la main pour voir s'il pleuvait, et paf ! On m'a mis un crochet...

– Mon pauvre vieux... Et puis t'as plus d'œil non plus !

– Ça, c'est une mouche.

– Une mouche !

– Ben oui ! Une mouche m'a chié dans l'œil et j'ai voulu l'enlever : j'avais oublié le crochet, dis donc !

☆

Dans un café assez chic où les vieilles dames viennent prendre le thé, un violoniste entre en disant :

– Je vais vous interpréter une polonaise.

Le silence se fait. L'homme commence à jouer mais il joue très mal, c'est une véritable horreur, on dirait un chat qu'on égorge. Toutefois, son morceau terminé, le violoniste, très fier, annonce :

– Je vais vous jouer une autre polonaise.

Là, il y a un client qui se met à pleurer. Le violoniste lui dit :

– Je comprends pourquoi vous pleurez, c'est la nostalgie du pays ? Vous êtes polonais ?

– Non, je suis violoniste...

☆

Devant une école, à Marseille, un petit garçon court chercher son professeur :

– Venez vite, Monsieur, il y a mon père qui se bat avec un mec !

– C'est lequel, ton père, petit ?

– On ne sait pas, c'est pour ça qu'ils se battent !

☆

C'est Ginette qui rentre chez elle par le métro à l'heure de pointe. À un moment, elle sent un attouchement dans son dos. Elle se retourne et dit au gars derrière elle :

– Oh là là, vous, ça suffit, hein ?! Vous croyez que je n'ai pas senti vos attouchements espèce de dégueulasse ? Aoowww !...

– Quels attouchements ? Elle est siphonnée, cette gonzesse ! Je viens d'être payé, mon patron m'a payé en pièces de dix balles, j'ai les rouleaux dans ma poche, ça doit être ça! Elle est folle, celle-là !

– Ah bon, excusez-moi, aow...

Et deux stations après :

– Oh là là, dites donc, vous ! Vous n'allez pas me dire que votre patron vous a augmenté depuis tout à l'heure ?!!

☆

Ça fait un bon moment que Ginette veut se faire son voisin de palier, le séduisant Italien Bruno Tortellini. Finalement, un soir, elle l'emmène chez elle. Ils sont tous les deux allongés sur le canapé. L'Italien lui fait :

– Ecco ma bella ! Tu vas voir, jé suis une affaire, moi, tu né vas pas lé régretter ! Je vais té faire un truc extraordinaire : je vais té lécher le nombril avec ma langue, ma qué !

– Oh là là ! Tu parles si c'est original... Il y a plein de garçons qui font ça !

– Oui, mais moi jé lé fais de l'intérieur !

☆

J'ai une copine institutrice à qui il est arrivé un truc terrible. Un jour, un inspecteur débarque dans sa classe :

– Mademoiselle, faites votre cours comme d'habitude, ne vous occupez pas de moi.

– Bon, eh bien... Qui c'est qui va chanter une jolie chanson à Monsieur l'inspecteur ?

– Moi, madame, je vais vous interpréter « les Tétons », dit Mohamed.

– Mais enfin, Mohamed !

Et l'inspecteur :

– Bravo, mademoiselle, vous leur apprenez de belles choses !

– Je ne comprends pas, Monsieur l'inspecteur !

Et Mohamed qui chante :

– Les tétons petit navire, les tétons petit navire...

☆

C'est un Corse qui passe la frontière en Italie. Les douaniers italiens l'arrêtent :

– Ouvrez le coffre arrière.

Et que voit le douanier ? Une chèvre ! Il dit :

– Et qu'est-ce que c'est ça ?

– C'est mon chien, dit le Corse.

– Vous vous foutez de ma gueule, il a des cornes !

– Oh moi, vous savez, sa vie privée...

☆

C'est un monsieur, genre vieux professeur d'académie, qui est très sourd. À la fin d'une soirée, il s'apprête à rentrer chez lui, avec son vieux manteau en poil de chameau élimé. Il y a une jeune femme qui s'approche :

– Alors, cher Maître, comment va votre charmante épouse ?

Le vieux, en pensant qu'on lui parle de son manteau, répond :
– Ben vous savez, je l'enfile doucement parce que son poil est usé !

☆

C'est une fée qui se promène dans un parc. Elle voit deux statues sur un socle et, pour s'amuser, elle décide de leur donner la vie. Elle donne deux coups de baguette magique. Les deux statues s'animent alors et descendent du socle. Il y en a une qui dit à l'autre :
– Maintenant qu'on peut bouger, le premier garçon qu'on voit, on lui chie dessus !!

☆

C'est une histoire qui se passe en Alaska, une région où les gens sont assez racistes. Un jour, il y a là un Noir qui arrive dans une station de sports d'hiver. Il demande :
– Pardon, monsieur l'agent, puis-je faire du ski ici ?
– Bien sûr, il n'y a aucun problème. Vous voyez le tremplin, là-bas ? Vous n'avez qu'à y aller. Il n'y a personne, vous serez tranquille...
Le Noir, très content, chausse les skis, descend le tremplin et, une fois qu'il est en l'air, il entend : « Pool !! »

☆

Sur la plage de Tel-Aviv, deux petits garçons tout nus... Ils regardent deux petites filles qui se baignent, toutes nues elles aussi. Le premier dit à l'autre :

– T'as vu, ceux-là, ils sont pas comme nous !
– Non, ça c'est les réfugiés qu'ont tout perdu !...

☆

Madame Grinder est allée faire quelques courses. Elle a acheté une religieuse, une petite bouteille de porto et des biscuits secs, parce qu'elle reçoit Madame Leclerc cet après-midi. En pleins Champs-Élysées, elle essaie de traverser. Personne ne fait attention à elle. Une première voiture la rase de si près qu'elle manque de la renverser. Madame Grinder s'écrie :

– Pouvez pas faire attention, voyou ! Hippie ! Chhh !

Une autre voiture la frôle une nouvelle fois :

– Drogués ! Immigrés ! Chhhhh !!!

Il y en a même qui lui font des bras d'honneur :

– Qu'est-ce que t'as, la vieille ? Nous gonfle pas !

Là-dessus, un jeune homme s'approche :

– Ne vous inquiétez pas, Madame, lui dit-il, je vais vous faire traverser.

Il prend le bras de Madame Grinder, arrête les voitures et la fait traverser. Ravie, Madame Grinder lui dit :

– Vraiment, jeune homme, chhh, je vous remercie ! Parce que vraiment, cette courtoisie, cette politesse, chhh... Vous m'avez réconciliée avec la jeunesse !...

– Sans compter que si j'étais pas là, tous ces salauds vous auraient écrasée comme une vieille merde ! dit le jeune homme.

☆

L'histoire se passe à Marseille, dans une classe de jeunes enfants. L'institutrice, Ginette, leur fait un cours de grammaire.

– Vous allez tous me faire une phrase avec « peut-être », aow. Je vous ai expliqué comment on peut employer la locution « peut-être », aow, alors allez-y. À toi, Dédé.

– Ce matin, putaing, il y a ma mère, eh con, elle est allée au marché, couillon, elle a acheté du poisson, elle a acheté la rascasse, des galinettes, quelques dorades, *peut-être* que ce soir on va manger la bouillabaisse.

– C'est pas mal... c'est un peu long, bon, mais c'est bien. À toi, mon petit Olivier.

– Ce matin, eh con, je me suis levé, putaing, j'ai vu qu'il y avait du soleil, couillon, *peut-être* que toute la journée il va faire beau.

– C'est bien, vous avez compris. Mohamed ?

– Hier, figurez-vous, il m'est arrivé une drôle d'histoire. J'étais à la maison, j'étais crevé, je voulais pas aller à l'école et je reste à la maison. Je vois arriver le monsieur qui donne des cours de piano à ma sœur. Il dit bonjour à ma sœur, ma sœur lui dit « Bonjour professeur », ils vont dans le salon et qu'est-ce qu'ils font ? Le monsieur enlève son pantalon et son slip, ma sœur enlève sa jupe et sa culotte, alors je me suis dit : « *Peut-être* ils vont faire caca dans le piano ! »

☆

C'est encore Ginette. Elle ne voit pas bien mais elle ne veut pas mettre de lunettes par coquetterie, et elle ne supporte pas les verres de contact parce qu'ils lui font les yeux rouges. Alors elle ne met rien. Un soir, avec Jean-Loup, son fiancé, elle regarde la télévision.

– Quand même, dit-elle tout à coup, ils sont dégueulasses, à la télé ! Oh là là ! T'as vu ce qu'ils passent, aoww ?! Il y a un couple en train de faire l'amour !

– Pas du tout, c'est Fidel Castro qui mange une banane !

☆

Le père Favier adore la chasse. Un matin qu'il s'apprête à y aller, la mère supérieure du couvent lui demande :

– Laissez-moi venir avec vous, mon père, ça me rappellera mon enfance, mon père était un grand chasseur. Vous verrez, je suis très sportive...

– Bon, bon... Mais je vous préviens, ma mère : quand je loupe une belle pièce, je suis très grossier !

– Oh, j'en ai entendu d'autres dans ma jeunesse, vous savez !

Ils partent donc ensemble : une perdrix passe et le père tire un coup de fusil. Bang !

– Oh, c'est pas possible ! J'ai visé comme mon cul et j'ai loupé la perdrix !

– Ooohh, mon père !

– Vous, la vieille, ta gueule !

Au même moment, une palombe passe. Bang !

– Ah ! j'ai visé comme mon cul, j'ai loupé la palombe !

– Je vous préviens, mon père, que si vous continuez à être aussi grossier...

– Toi, la vieille, boucle-la !

Alors soudain il y a le tonnerre qui arrive, des nuages qui s'amoncellent, puis un éclair immense fend les nuages et foudroie le père Favier. Et l'on entend une voix dans le ciel :

– J'ai visé comme mon cul, j'ai loupé la vieille !

☆

C'est un imprésario qui est dans son bureau. Un type entre et lui demande :

– Bonjour, vous n'avez pas du boulot pour moi ?

– Ça dépend de ce que vous faites... Vous n'êtes pas magicien ?...

– Non, moi, mon truc, c'est d'imiter les oiseaux.

– J'ai des cinquantaines de mecs qui font ça, ça ne m'intéresse pas !

– Bon, tant pis...

Sur ce, l'homme ouvre la fenêtre et s'envole.

☆

Ça se passe en Ouganda, du temps du célèbre maréchal Idi Amin-Dada. Ce dernier avait décidé de développer l'armée dans son pays, et notamment l'aviation. Il avait créé un corps spécial de l'armée ougandaise pour lequel les soldats devaient s'entraîner au deltaplane : chaque soldat devait pouvoir lâcher une bombe maintenue entre ses jambes, et Idi Amin-Dada assistait souvent aux entraînements :

– Attention, nous allons procéder à des essais. Au premier des soldats, en route !

Le premier soldat se précipite avec son deltaplane, s'envole et paf ! s'écrase dans le ravin. Le maréchal ordonne alors au chef de bataillon d'aller voir ce qui s'est passé. Ce dernier descend, retrouve le soldat tout écrabouillé, lui coupe la tête et la remonte au maréchal en lui disant :

– On va savoir ce qui s'est passé, j'ai ramené la boîte noire !

☆

Une dame arrive au cimetière et demande au gardien :

– Bonjour, monsieur, pouvez-vous m'indiquer la tombe de mon mari, s'il vous plaît ? La tombe de Monsieur Maurice Félix.

Le gardien consulte son registre :

– Non, non, nous n'avons pas ça... Il y a bien une tombe à ce nom, mais c'est celle de Madame Étiennette Félix...

– C'est bien ça, c'est la tombe de mon mari. Excusez-le, il avait l'habitude de tout mettre à mon nom !

☆

Un petit garçon rentre de l'école et dit à son papa :

– Papa, j'ai eu zéro en géographie ! Tu te rends compte, j'ai eu zéro !

– Et pourquoi ?

– Parce que je ne savais pas où était la Tchécoslovaquie !

– Demande à ton père quand tu sais pas, demande à ton père... Donne-moi la carte, là, le plan de la région parisienne, je vais te trouver ça, moi, la Tchécoslovaquie !

– Papa, t'es sûr que c'est dans la région parisienne ?

– Bien sûr que je suis sûr ! Parce que tous les matins, à l'atelier, je travaille avec un Tchécoslovaque... Il arrive en vélo, donc ça doit pas être loin !

☆

Un mec dit à son copain :

– Je comprends pas... Il y a deux ans, je suis allé en vacances à la mer, ma femme est tombée enceinte ! L'année dernière, je suis allé en vacances à la montagne, ma femme est tombée enceinte ! J'en ai marre !

Cette année, je sais pas où j'irai mais je l'emmène avec moi !!

☆

Ça se passe dans une maison close à Genève ; un monsieur arrive et demande à passer un bon moment avec une jeune fille...

– Seulement, j'ai un petit problème, dit-il.

La tenancière lui répond :

– Ça ne fait rien ; vous savez, mes pensionnaires en ont vu de toutes les couleurs, des vertes et des pas mûres... Geneviève, montez donc avec monsieur !

Geneviève va s'enfermer avec le monsieur. Mais au bout de dix secondes, elle ressort en criant :

– Ah non ! Il n'en est pas question !

Le monsieur demande alors à la patronne :

– Vous pouvez m'en envoyer une autre, s'il vous plaît ?

Une autre fille arrive, et cinq secondes plus tard s'enfuit en s'exclamant :

– Aaahh ! Nooon ! Pas question !!!

La patronne lui envoie alors la plus roublarde, celle qui en a le plus vu... Et Monique, qui est pourtant une « routière », se met elle aussi à crier au bout de trente secondes, que non, non, non, pas question !

Alors la patronne, du bas de l'escalier, demande :

– Mais qu'est-ce qui se passe ?

– Vous ne pouvez pas savoir ce qu'il m'a fait !

– Dites !

– Il a voulu me payer avec des francs français !

☆

C'est un monsieur qui va voir Rothschild et qui lui dit :

– Monsieur, j'ai trouvé une petite combine pour vous faire gagner quarante millions ! Ça vous intéresse ?

– Bien sûr, ça m'intéresse ! Je vous écoute...

– Vous avez bien une fille à marier ? Avec une dot de quatre-vingts millions ?

– Oui, absolument...

– Ben moi je vous la prends à moitié prix. Ça va ?

☆

C'est deux messieurs qui sont dans le bus. L'un des deux a trois testicules, aussi dit-il à son voisin :

– Vous savez qu'à nous deux on en a cinq ?

– Pourquoi, lui répond l'autre, vous n'en avez qu'une ?

☆

Le 1er avril, un petit garçon vient en courant dire à sa mère :

– Maman, maman, viens voir !

– Qu'est-ce qu'il y a ?

– Papa s'est pendu dans le grenier !

La mère, affolée, monte dans le grenier et ne trouve rien. Elle dit à son garçon :

– Imbécile !

– Hé maman, poisson d'avril, il s'est pendu dans la cave !

☆

C'est un bègue qui est chef de safari. Il conduit les touristes dans la jungle et, à un moment, il voit un hippopotame qui charge. Il veut prévenir tout le monde :

– Hippo, hippi, hippipi...
Et les gens :
– Hourra !

☆

C'est Eugène Poulossière qui discute avec un gars de son village :
– Eh, le Benoît ! Tu te souviens de la petite bonne que tu avais engagée pendant la guerre ? Elle était bien roulée, la mâtine ! Elle était belle, crénom ! Pourquoi tu l'as renvoyée ?
– Elle faisait mal le ménage. Même qu'en dessous le lit, des fois, je trouvais des moutons...
– Tu l'as renvoyée pour ça ?
– Non, mais un soir j'ai trouvé aussi le berger, bon gu !

☆

C'est un monsieur qui se promène à la campagne. Tout à coup, il réalise qu'il n'a pas de montre. Apercevant un paysan dans un champ avec des vaches, il lui demande :
– Pardon, monsieur, pouvez-vous me dire l'heure ?
Le paysan – c'est Eugène Poulossière – se met à faire une chose très étonnante : il s'approche du taureau, empoigne ses testicules, les soulève et dit :
– Il est trois heures et quart.
Le type est très étonné. Tellement qu'un quart d'heure après, il revient et redemande l'heure à Eugène Poulossière... Eugène s'approche à nouveau du taureau, lui empoigne les besaces et déclare :
– Ben maintenant, il est trois heures et demie ! On ne peut pas se tromper.
– C'est incroyable ! Comment vous faites ?

– Ben, c'est simple : je lui soulève les bourses, comme ça je peux apercevoir l'horloge du clocher !

☆

C'est dans un avion, un très long vol où les gens somnolent un peu. On entend soudain une voix suave au micro :

– Mesdames et messieurs, si vous vous penchez sur la gauche de l'appareil, vous pourrez apercevoir un réacteur en flammes ; si vous vous penchez maintenant sur la droite de l'appareil, vous apercevrez un réacteur également en flammes. Et si vous vous penchez encore plus, regardez bien au milieu de la mer, vous apercevrez un petit point : c'est le canot pneumatique d'où le commandant et son équipage vous parlent.

☆

Deux copains discutent. L'un d'eux explique à l'autre :

– J'ai perdu ma femme dans des circonstances épouvantables ! Tu peux pas savoir ! On visitait les chutes du Niagara, ma femme est tombée. Ce cri horrible que j'ai entendu ! Et puis c'est pas ça, c'est que maintenant l'écho continue à répéter : « T'es pas chiche ! T'es pas chiche ! »

☆

Un monsieur vient prendre des nouvelles à la maternité. L'infirmière lui dit :

– Monsieur, bravo ! Vous avez eu des triplés !

– Ça m'étonne pas, parce que moi, vous verriez comme je suis monté, on dirait une vraie cheminée !...

– Justement, il faudrait la nettoyer : ils sont tous noirs !!

☆

C'est un monsieur très distrait qui entre dans un magasin, à Marseille, avec sa braguette ouverte. La vendeuse lui dit :

– Ho monsieur ! Il y a la porte du garage qui est ouverte, peuchère !

– Pardon ?

– La porte du garage... elle est ouverte !

– Pourquoi vous dites que c'est un garage ? Ça, c'est pas une voiture !!

– Je suis désolée, mais les deux pneus avant sont crevés et le chauffeur est affalé sur le volant !

☆

On dit que les Français ne voyagent pas beaucoup. C'est pas vrai. Je connais un monsieur, par exemple, qui fait des petits voyages de temps en temps. Un jour il est allé en Suisse et, en revenant, il a dit à son copain :

– Je suis allé en Suisse, c'est bien, c'est propre.

– Alors t'as vu les Helvètes ?

– Les quoi ?

– Ben si tu es allé en Suisse, t'as vu les Helvètes !

– Euh... tu sais, je ne sortais pas beaucoup. Parce que le soir, à neuf heures, tout est fermé.

Le gars rentre chez lui et regarde le dictionnaire : « Helvètes : habitants de la Suisse. » « Merde », se dit-il.

L'année d'après, il va en Grèce. Il revient et son copain lui demande :

– Alors, c'était bien ?

– Oh ouais, bien, bien. Je suis allé en Grèce, on s'est régalés !

– Alors, t'as vu les Hellènes ?

– Les quoi ?

– Ben, si t'es allé en Grèce, t'as vu les Hellènes !

– Ah oui, euh... tu sais, je ne sortais pas beaucoup...

Le gars rentre chez lui, cherche dans le dictionnaire et apprend que les Hellènes sont les habitants de la Grèce. « Merde, je me suis encore fait avoir ! » se dit-il.

L'année suivante, il va en Égypte. Il se dit : « Là, je me ferai pas baiser ! » Il va voir son copain qui lui dit :

– Alors, où t'as été ?

– J'ai été en Égypte !

– Ah, c'est bien ? T'as vu les pyramides ?

– M'en parle pas ! Toutes des salopes !

☆

Deux Belges sont en train de laver les carreaux d'un immeuble de dix-sept étages. Et chaque fois qu'ils ont fini un étage, ils descendent l'échafaudage. Arrivés en bas, ils s'aperçoivent qu'ils ont oublié un carreau au dernier étage :

– On va pas remonter l'échafaudage pour ça, comment on pourrait faire?!

– Moi j'ai une idée : on va monter sur le toit et je te tiendrai par les bretelles, tu nettoieras le dernier carreau.

Alors, ils montent. Il y en a un dans le vide et l'autre qui le tient par les bretelles. Celui qui nettoie n'est pas très rassuré quand même et, à un moment, il y a son collègue qui se marre.

– Mais qu'est-ce que t'as à rire, comme ça ?

– Oh, rien, je suis en train de penser, une fois... Si les bretelles lâchent, qu'est-ce que tu vas prendre dans la gueule !.

☆

Un monsieur rentre chez lui. Sa femme est couchée. Il lui dit :

– T'es toute seule ?

– ... Oui, oui.

– Il n'y a personne qui est venu, aujourd'hui ?

– Euh... non. Non, non. Si, il y a maman qui est venue.

– Ah ouais, ta mère est venue ? Et ta mère elle fume le cigare, hein ?! Dans le cendrier ! D'où il vient, ce cigare ?

– Je le dirai pas !

« Paf ! » il lui met une baffe et répète :

– D'où il vient ce cigare ?!

– Je vais te dire...

– D'où ?

– De La Havane !

☆

Dans un radio-crochet, un mec gagne le concours et l'animateur dit :

– Monsieur, bravo, vous avez gagné le troisième prix : un voyage à Tahiti !

– Je suis content, alors ça, c'est super !

– Ah pardon ! il y a une petite erreur dans mes fiches, ce n'est pas le troisième prix que vous avez gagné, mais le deuxième...

– Ben, ça doit être mieux encore... C'est quoi le deuxième ?

– Le deuxième prix, c'est un petit déjeuner avec Madame Thatcher.

– Mais je m'en fous, moi, d'un petit déjeuner avec Madame Thatcher ! Je préfère Tahiti, moi, j'en ai rien à foutre de Madame Thatcher. Vous savez ce que je lui fais, à Madame Thatcher ?...

– Ah non, ça c'est pas possible : c'est le premier prix !!

☆

Ce sont deux messieurs au café qui parlent d'un troisième en disant :

– Il est fou. Il a quatre-vingt-cinq ans, et il va épouser une fille de dix-neuf ans !

– Oh, c'est pas encore fait ! Il y a peut-être un père qui va s'y opposer...

– Et quel père?

– Le Père-Lachaise !!

☆

Ça se passe dans un monastère où les moines ont fait le vœu de silence. Ils ont cependant le droit de prononcer quelques paroles, tous les trois ans à peu près, quand le père supérieur les interroge. Un jour, celui-ci ouvre la porte du dernier arrivé qui est là déjà depuis cinq ans et lui dit :

– Si vous avez une plainte à formuler, mon fils... En deux mots.

– Lu-gubre.

Vingt ans après, le père ouvre la même cellule et dit :

– Si vous avez une plainte à formuler, vous avez deux mots.

– Manger-froid.

Encore vingt ans plus tard :

– Moi, partir !

Et le père :

– Ça ne m'étonne pas, vous n'avez pas arrêté de râler...

☆

Comme tous les soirs, un petit garçon fait sa prière :

– Bon Dieu, gentil bon Dieu, accorde la fortune à papa ! Accorde l'intelligence à mon grand frère ! Accorde la santé à maman !

Son père entre à ce moment et dit :

– Et pour le même prix, il ne peut pas venir accorder le piano ?!

☆

Robinson Crusoé n'était pas seul sur son île. Ça, c'est de la littérature... En réalité, il avait six femmes, elles aussi rescapées du naufrage. Et elles s'étaient mises d'accord. Il y en avait une pour le lundi, une autre pour le mardi, une troisième pour le mercredi, etc. Ainsi, il ne lui restait que le dimanche pour se reposer. Finalement, ça se passait pas trop mal, Robinson arrivait à tenir le coup ; mais le dimanche, bien sûr, il avait bien besoin de se reposer. Un dimanche matin, justement, alors qu'il était allongé sur le sable, il entendit :

– Au secours, venez vite, je me noie... glouglou, je ne sais pas nager !

Robinson se dit :

– Ça y est, mon dimanche est foutu !

☆

Un monsieur est perdu dans le désert. Il n'en peut plus, il va mourir de soif quand, tout à coup, il voit arriver un nomade.

– De l'eau ! gémit-il.

Le Bédouin s'approche.

– Vous avez de l'eau ? répète le mourant.

– Pas du tout, j'ai pas d'eau. Pourquoi j'aurais de l'eau ? D'ailleurs j'en ai pas besoin, moi je suis marchand de cravates. Tu veux m'acheter une cravate ? Regarde : j'en ai en soie, en laine, j'en ai pour mettre par-dessus le plastron, très chic, avec petite pochette et tout...

– Je m'en fous de tes cravates, je veux de l'eau, moi...

– J'ai pas d'eau, je vends des cravates...

Et le Bédouin s'en va. Le type est à l'agonie. Un deuxième nomade passe par là.

– Ooohh !! De l'eau !

– J'en ai pas, mais j'ai des cravates : à pois, écossaises, unies...

– Vous m'emmerdez, avec vos cravates ! Je veux de l'eau, moi !

Le pauvre type arrive tout de même à marcher, à marcher... Au bout de deux jours, que voit-il en plein désert ? Un bar ! Un grand établissement. Il se précipite et le maître d'hôtel lui fait :

– Non monsieur, je regrette... Ici, on ne rentre pas sans cravate !

☆

Quelle est la différence entre un chauve anglais et un chauve écossais ? Le chauve anglais achète une perruque, tandis que le chauve écossais vend son peigne !

☆

Un gamin très très mal élevé s'approche d'un monsieur dans la rue et lui dit :

– Eh, monsieur !

– Oui, mon petit bonhomme, qu'est-ce qu'il y a ?

– On vous attend à onze heures au jardin zoologique pour aller peigner le cul du singe !

– Oh ! Petit voyou ! (Le monsieur attrape le garçon par le col.) Tiens, il y a un agent là-bas, répète ce que tu as dit devant monsieur l'agent ! Allez !

– Ben j'ai dit qu'on vous attendait à onze heures au jardin zoologique pour aller peigner le cul du singe.

Et l'agent :

– Et dépêchez-vous, il est onze heures moins cinq !

☆

Ce sont deux Belges qui discutent :

– Tu sais, le week-end dernier, une fois, dans ma voiture je promenais une nana au bord de la mer ; le soleil brillait, c'était super, formidable... Mais à un moment donné, elle m'a demandé d'ouvrir la capote ; tu me croiras si tu veux, j'ai mis deux heures et demie pour l'ouvrir !

– C'est curieux, moi je mets trente secondes, pas plus...

– Oui, mais toi, tu as une décapotable !

☆

C'est un monsieur qui a une sale manie : il fréquente un café régulièrement mais ne paie jamais à boire à personne. Comme ça fait des années que ça dure, les autres clients du café décident de le coincer pour l'obliger à payer sa tournée. Ils se concertent et pensent finalement qu'en engageant tout simplement la discussion, ils trouveront bien un moyen de piéger le radin. L'un commence par demander :

– Qui c'est qui va à la pêche, ici ?

Et un comparse répond :

– Moi, je vais à la pêche. Mais alors je ne prends ni asticot, ni canne à pêche, ni fil ; j'y vais comme ça, juste avec une ficelle.

– Avec une ficelle ? s'étonne le radin.

– Eh ouais! Je prends ma ficelle, j'attends et puis je tire.

– C'est pas possible ?!

– Si, si. Je mets ma ficelle, j'attends, je tire et je prends.

– Et qu'est-ce que tu prends ? demande le radin.

– Moi ? Un Ricard.

☆

C'est un curé de campagne qui a un perroquet. L'oiseau fait la joie de ses paroissiens, seulement il a un gros défaut : il descend de son perchoir, court dans le poulailler et saute les poules ! Un jour, le curé en a assez et dit à son perroquet :

– Si je te reprends à retourner au poulailler pour sauter les poules, je te plume entièrement, je t'attache sur ton perchoir et tu feras la messe avec moi !

Le perroquet tient deux jours. Le troisième, n'en pouvant plus, il retourne au poulailler. Le curé l'attrape, le plume, l'attache au perchoir et lui dit :

– Eh bien tu vas m'aider à faire la messe ! Quand les gens entreront, tu diras : « Les femmes à gauche, les hommes à droite. »

Et le perroquet, bien qu'il soit mécontent, commence son travail :

– Les femmes à gauche, les hommes à droite ! Les femmes à gauche !...

À ce moment-là arrive un chauve. Le perroquet lui fait :

– Et toi, le baiseur de poules, avec moi sur le perchoir !

☆

Un monsieur sort discrètement d'une maison close, mais il y a un petit garçon qui le suit et qui chantonne derrière lui :

– Ohé, ohé, je sais où t'étais ! ohé, ohé, je sais ce que t'as fait !

Le monsieur se dépêche de rentrer chez lui. Il arrive, met vite la clé dans la porte... Mais le gamin est toujours là qui chante :

– Ohé, ohé, je sais où t'habites ! Et je sais où t'étais, et je sais ce que t'as fait !

Soudain, le gamin est pris de remords : il va à l'église et pénètre dans le confessionnal. Mais le curé arrive et le garçon lui fait :

– Ohé, ohé ! Je sais où tu travailles !

☆

Un monsieur entre chez lui et que voit-il ? Horreur ! Sa femme est couchée dans le lit avec un autre homme. Le monsieur commence à faire un scandale mais sa femme lui dit :

– T'énerve pas, Paulo. Tu te souviens du beau manteau de vison que j'avais le mois dernier ?

– Euh... ouais...
– Eh bien c'est lui qui me l'a offert.
– C'est lui qui...
– Oui, Paulo. Et tu te souviens, la belle voiture de sport rouge que je t'ai offerte le mois dernier ?
– Ben oui, je me rappelle, une si belle voiture...
– Eh bien, c'est lui qui l'a payée... Et tu te souviens, les dix millions qui sont arrivés par miracle sur notre compte en banque ?
– Oui ! Les dix millions...
– Eh bien c'est lui qui me les a donnés.
– Euh... Couvre-le, qu'il prenne pas froid !

☆

C'est une dame qui est en train de dormir. Soudain, la fenêtre vole en éclats : un grand Noir, en slip, surgit dans la chambre.
– Mon Dieu ! crie la dame. Mais qu'est-ce que vous allez me faire ?!
– J'en sais rien ! C'est *vous* qui rêvez !

☆

Deux dames un peu snobs discutent :
– Et ton enfant, comment va-t-il, ce cher ange ?
– Le petit ? Oh, il est merveilleux, tu sais ! Géant, ce gamin ! Il marche depuis trois mois.
– Eh bien dis donc, depuis le temps, il doit être loin !

☆

C'est la femme d'un jockey qui vient de mourir. Elle doit aller reconnaître son cadavre à la morgue. Le médecin ouvre un tiroir et lui demande :

– C'est lui ?
– Non, non, c'est pas lui.
Un autre tiroir coulisse.
– C'est lui ?
– Non, c'est pas lui.
– Et là?
– Non.
– Et celui-là ?
– Oui, oui, c'est lui ! Je le reconnais bien : jamais dans les trois premiers...

☆

C'est un monsieur qui vient de faire l'amour avec sa femme. Il se regarde dans la glace et s'exclame :
– Mamma ! J'aurais deux centimètres de plus, je serais le roi !
Et sa femme lui dit :
– T'en aurais deux en moins, tu serais la reine !!

☆

Trois copines se baladent sur la plage quand elles aperçoivent un monsieur tout nu, allongé sur le sable avec un journal sur la tête. La première fait :
– Ça, je peux vous dire que c'est pas mon mari !
– C'est pas mon mari non plus, dit la deuxième.
– C'est pas le mien non plus, dit la troisième ; et même, je peux vous dire que c'est un mec de l'hôtel !

☆

C'est un vieux couple qui vient à parler du passé. Étant jeunes, ils avaient fait un pari, ils avaient chacun une petite boîte en fer-blanc et ils s'étaient juré que chaque fois que l'un tromperait l'autre il mettrait un grain de riz dedans et qu'à la fin de leur vie ils se diraient la vérité. Et ce soir justement, le mari propose à sa femme :

– On regarde ce qu'il y a dans les boîtes ?

– Si tu veux...

Le vieux monsieur ouvre sa boîte, et effectivement, il y a un grain de riz dedans. Et sa femme :

– Tu m'as trompée ?!!

– Et ouais, c'était pendant la guerre, peuchère ! J'étais prisonnier en Allemagne, j'avais pas le moral ; c'est avec l'infirmière, un soir, comme ça, j'ai craqué... Mais je m'en suis voulu pendant des années, ma chérie... Des années...

La vieille dame ouvre alors sa boîte. Elle est vide. Pas un grain de riz. Alors le vieux monsieur est pris de remords. Il dit :

– Quand même, tu m'as jamais trompé ! Ma poule ! Et moi, j'ai craqué ! Je suis un dégueulasse !

Et la vieille lui fait :

– Oh, arrête ! Avec quoi tu crois que je te faisais tes colis de riz, pendant que tu étais prisonnier ?

☆

Deux copains sont en train de discuter. Il y en a un qui dit à l'autre :

– J'en ai marre, j'en ai marre ! Je commence à avoir des doutes sur ma femme...

– Et pourquoi ?

– Avant, on habitait à Rouen ; maintenant, on habite à Marseille ; mais on a toujours le même facteur !

☆

C'est un loubard qui agresse une dame dans le métro. Il la fouille partout :

– Vous n'avez pas d'argent liquide ? Je veux de l'argent liquide !!

– Je n'ai pas d'argent liquide, minaude la dame, mais si vous me fouillez encore un peu, je peux vous donner un chèque...

☆

C'est un monsieur qui, dans sa vie, a participé à plein de safaris.

C'est un grand chasseur. Il invite un copain à venir admirer ses trophées. Celui-ci est émerveillé à la vue de toutes ces têtes de sangliers empaillées, ces têtes de lions... Mais à un moment, il sursaute :

– Mais ça, c'est une tête de femme ?!

– Ouais, ouais.

– C'est une tête de femme qui rigole, en plus !

– Ouais, ouais, c'est ma belle-mère. Jusqu'au dernier moment, elle a cru que je la photographiais...

☆

C'est un Corse qui a exprimé le désir d'être incinéré après sa mort. On suit donc ses volontés. Sa femme vient récupérer ses cendres qu'elle dépose dans un petit sablier. Et le soir elle rentre chez elle, se fait cuire un œuf à la coque, retourne le sablier et dit :

– Et maintenant, Raphaël, trois minutes de travail.

☆

C'est un bateau qui est en train de couler en rade de Marseille. Le capitaine crie :

– Les femmes dans les canots à bâbord ! Les hommes dans les canots à tribord !

Et alors on entend Guytou et Jean-Xavier qui s'écrient :

– Et nous, alors, on coule ?

☆

Deux prostituées arrivent au paradis. Évidemment, quand on a exercé le plus vieux métier du monde, c'est difficile de se faire admettre chez saint Pierre. Finalement, il y en a une qui arrive à entrer.

Sa copine lui dit :

– Ça alors, moi je suis au purgatoire, c'est pas juste... Comment tu as fait ?

– Comment j'ai fait ? C'est facile : Dieu n'est pas inébranlable !!

☆

C'est un jeune pied-noir qui veut faire carrière dans la boxe. Il s'appelle Claude Ramirez mais son imprésario l'a rebaptisé Kim Merguez.

– Allez, vas-y, Merguez ! dit l'imprésario.

– Tu crois que je vais être bon ?

– Mais bien sûr, tu rigoles... Vas-y, vas-y !

Premier round. Kim Merguez se précipite. Il a affaire à une espèce de marin breton qui lui en met plein la figure. « Paf, paf ! » À la pose, Kim Merguez dit à son imprésario :

– T'as vu ce qu'il m'a mis dans la gueule ?

– C'est parce que tu te laisses impressionner ! Ce type-là, tu bouges, il te touche pas !

– T'es sûr que... ?

– Mais j'te le dis ! Allez, vas-y !

Deuxième round, Kim Merguez en reprend plein les dents. « Pif ! Paf ! » Le pauvre Merguez redit à son imprésario :

– T'as vu ce qu'il m'a mis, encore une fois ?!

– C'est parce que t'es émotif ! C'est un traînard, il te touche pas, j'te dis, il te touche pas ! Allez, troisième round !

« Pif ! », « Paf ! », « Boum ! ». Kim ne peut pas en placer une...

– Qu'est-ce que t'as à te laisser impressionner comme ça ! Y te touche pas, j'te dis ! rouspète l'imprésario.

– Bon, il me touche pas... d'accord. Alors, surveille l'arbitre parce qu'ici il y a un mec qui me tape sur la gueule, je voudrais savoir qui c'est !!

☆

C'est Ginette et Jean-Loup, bien installés, la promotion sociale et tout... Du coup, ils ont même fait une petite fille. Un jour, Jean-Loup dit à Ginette :

– Ce soir, j'ai invité le patron à dîner. Tu lui fais un truc simple, ta-ta-ta, il a des goûts simples... Mais surtout, tu couches la petite !

– Pourquoi ?

– Parce que, il faut que je te dise, le patron il a un nez ! On dirait une patate avec des trous, il est horrible ! Si la petite le voit, ta-ta-ta, elle va pas pouvoir se retenir de se moquer de lui ! Et pour moi, ce sera foutu. J'attends la place de sous-directeur, il faut donc que tu couches la petite.

– Ah bon, d'accord...

Donc elle couche la petite, et le patron arrive. Jean-Loup lui présente sa femme. Effectivement, le nez du patron est une horreur.

– Ça va, vous êtes bien installés, dans votre petit appartement. Sacré Jean-Loup, va !

– Un petit apéritif, monsieur le directeur, aow ? demande Ginette.

– Volontiers. Vous ne m'aviez pas dit que vous aviez une petite fille ?

– Oui... C'est-à-dire que là... Elle dort, aow...

– Écoutez, juste deux minutes. Vous me la montrez, j'adore les enfants.

Ginette et Jean-Loup sont très gênés, mais ils réveillent quand même la petite.

– Bonjour, monsieur... Euh, oh oh ! dit la petite en regardant le nez du patron.

Ginette pense : « Mon Dieu, elle va le dire... » Mais le patron, très affectueux, poursuit :

– Quel âge as-tu ma petite ? Tu vas à l'école ?

Et ça se passe très bien, la petite ne dit pas un mot de travers. On la recouche. Ginette sert l'apéritif :

– Alors, qu'est-ce qui vous ferait plaisir ? Un petit Ricard ?

– Oui, volontiers.

– Et dites-moi, vous prendrez bien un peu de glace pour votre nez ?

☆

C'est un cannibale qui va voir le sorcier et lui dit :

– Je ne comprends pas : depuis la semaine dernière, j'ai de violents maux de tête.

– Tu as qu'à manger moins d'intellectuels ! répond le sorcier.

☆

Cela se passe à l'époque du grand match Saint-Étienne / Liverpool qui a lieu à Liverpool. Il y a un brave travailleur immigré, fou d'admiration pour les Verts, qui prend son billet tout content d'aller voir le match. Il suit le match avec passion :

– Allez li Verts ! Allez li Verts !

Soudain, il s'aperçoit qu'il est entouré de trois mille hooligans qui le regardent méchamment. Il continue :

– Allez li-Verts, allez Liverpool !...

☆

Il existe une version méconnue du Petit Chaperon Rouge, c'est celle où le loup est amoureux de la grand-mère. Le loup arrive chez la grand-mère et celle-ci lui dit :

– Ah, mon loup, depuis le temps que j'ai envie de toi !

– Oh, ma mémé, me voici, j'arrive !

Seulement voilà, le loup est pourvu d'attributs sexuels « conséquents », alors que la pauvre vieille n'est plus très bien « agencée ». Après plusieurs tentatives, le loup dit :

– J'y arrive pas, j'y arriverai jamais ! À quelle heure elle vient, la gamine, avec son pot de beurre ?

☆

Ça se passe en Allemagne il y a quelques années déjà. Une dame va voir un pédopsychiatre pour se plaindre de son fils :

– Je ne sais plus quoi faire avec ce petit, docteur. Je suis désespérée. À l'école, il ne fout rien, c'est dramatique, dramatique ! En plus, il est complètement asocial, il frappe ses camarades, il a même mordu l'oreille de son professeur ! On le renvoie de toutes les écoles. Je ne sais plus quoi faire, il a mis le feu à la maison des voisins, monsieur et madame Lévy... Qu'est-ce que je vais faire de ce gosse ?

– Vous savez, à cet âge-là, ils sont un petit peu turbulents, répond le psychiatre. Mais ne vous inquiétez pas : avec l'adolescence, ça s'arrangera.
– Vous êtes sûr, docteur ?
– Mais oui.
– Ah bon ! Eh bien au revoir, docteur.
– Au revoir, Madame Hitler.

☆

Monsieur Maurice a monté une petite entreprise qui marche bien. C'est une entreprise de nettoyage pour les carreaux, les moquettes, etc. Son sous-directeur est con, mais il a une femme super et Maurice se dit : « Je vais l'inviter, il va venir avec sa femme, ça va être extra. » Alors il lui fait :
– Dites-moi, mon cher Lambert, vous ne viendriez pas à la maison, en week-end avec votre femme ? Je vous ferai des grillades, j'ai un barbecue terrible !
– Merci, monsieur le directeur, mais je suis végétarien.
– Ça fait rien, moi je m'occuperai de votre femme, et vous vous brouterez !

☆

C'est Ginette et Jean-Loup qui viennent d'acheter un couple de perroquets. Des tout petits perroquets du Brésil, vert et jaune, très mignons. Mais comme ils se ressemblent beaucoup finalement, Ginette demande à Jean-Loup comment on peut bien différencier le mâle de la femelle :
– Y a qu'à attendre un peu, dès qu'il y en a un qui commence à monter sur l'autre, c'est lui le mâle.
– T'as raison, Jean-Loup. Je vais attendre et dès qu'il y en a un qui monte sur l'autre, oh là là, je vais

le prendre, je vais lui raser les plumes du crâne aouw, comme ça on le reconnaîtra.

Et Ginette attend. Effectivement un des perroquets ne tarde pas à monter sur son voisin en lui donnant des petits coups de bec. Ginette l'attrape, lui rase les plumes du crâne et le remet en cage.

Un soir, Ginette et Jean-Loup reçoivent des invités, dont l'oncle de Ginette, qui est chauve. Le perroquet tondu le voit et dit :

– Alors toi aussi tu t'es farci ton frangin ?

☆

C'est un jeune homme qui ne veut pas faire son service militaire, alors il fait croire qu'il n'y voit pas bien du tout. Il passe devant un ophtalmo qui lui montre un billet de cent francs et lui dit :

– Vous voyez ce que je tiens entre les mains ? Si vous le voyez, c'est à vous. C'est quoi ?

– Ben... je vois pas du tout ce que c'est.

– Bon, très bien. (Il prend un billet de cinq cents francs.) Si vous voyez ce que j'ai entre les mains, c'est à vous.

– Euh... non, je ne vois rien du tout.

L'ophtalmo fait alors entrer une super nana complètement à poil et demande une nouvelle fois au jeune homme :

– Si vous voyez ce que c'est, c'est également à vous !

– Non... je ne vois pas du tout !

Là, l'ophtalmo lui tâte un peu ce qu'il a dans le pantalon et déclare :

– C'est fini, ce gros mensonge ?

☆

Devinette : Quelle est la plus petite gare du monde ?

C'est le sexe de la femme. Parce qu'un seul voyageur peut y entrer, et il est même obligé de laisser les valises à l'extérieur !

☆

C'est un petit garçon qui pleure dans un train. Tout le monde est autour de lui pour essayer de le consoler, il y a un curé, et aussi Madame Grinder, et même Ginette... Le docteur Jacquot, qui est là également, lui demande :

– Mais pourquoi pleures-tu, mon petit ?

– Je pleure parce que... ma maman, elle a un amant.

– C'est pas grave, mon petit garçon. Voyons, faut pas te mettre dans des états pareils ! Je me rappelle, ma mère avait beau avoir un amant, nous étions tout de même très heureux à la maison...

Et le père Favier d'ajouter :

– Moi aussi, je suis d'une famille nombreuse. Ma mère a eu plusieurs amants, c'était une femme de forte nature...

Un autre voyageur lui dit à son tour :

– Et moi, ma mère elle était connue à Naples, elle avait des amants tout le temps et partout ! Et alors ? Ça ne m'a pas empêché d'être heureux !

À ce moment-là, le petit garçon sort une cigarette de sa poche et dit :

– Bon ! alors, parmi tous ces fils de pute, est-ce qu'il y en a un qu'a du feu ?

☆

Au tribunal, on plaide un procès en divorce entre deux acrobates. Le juge commence :

– Voyons, madame... Est-il vrai que, le 15 mars dernier, vous ayez fait l'amour suspendue par un pied au chapiteau du cirque avec un nain, un clown unijambiste et une femme à barbe ?

La dame ouvre alors son agenda et répond :

– Quel jour dites-vous ?

☆

C'est un petit garçon qui regarde pour la première fois par le trou de la serrure et qui voit ses parents en train de faire l'amour. Ça lui fait une drôle d'impression, il trouve même cela écœurant. « C'est dégoûtant, c'est sale, se dit-il. Quand je pense qu'on me fout des beignes dès que je me mets les doigts dans le nez ! »

☆

C'est un couple de Belges qui se présente à l'Institut des langues orientales.

– Bonjour, monsieur le professeur, on voudrait prendre des cours de cambodgien, une fois.

– Oui, mais, vous savez... c'est une langue très difficile, l'écriture est différente, vous en avez pour des années à la parler correctement. Vous êtes sûrs que vous voulez l'apprendre ?

– Oui, oui, absolument, on veut apprendre le cambodgien.

– Bon. Et pourquoi ça ?

– Parce qu'on vient d'adopter un petit Cambodgien. Il a à peine un mois, alors quand il commencera à parler on aimerait comprendre ce qu'il va nous dire...

☆

Ça se passe dans le quartier du Sentier. C'est Madame Maurice qui rencontre Madame Ben Souza.

– Et comment elle va, votre fille, Madame Maurice ? demande Madame Ben Souza.

– Ma fille, oh ! grâce à Dieu, elle est bien, ma fille ! Elle a eu son C.A.P., figurez-vous ! Et avec son C.A.P., elle gagne deux mille francs par mois. Deux mille francs par mois ! Et la vôtre ?

– La mienne ? Elle gagne deux mille francs par jour avec son C.O.N.

☆

Un petit garçon tire de toutes ses forces une chèvre par les cornes, mais celle-ci ne veut pas avancer. Une dame passe et lui demande :

– Mais qu'est-ce que tu fais, mon petit garçon ?

– Je mène la chèvre au bouc.

– Et ton papa, il pourrait pas faire ça ?

– Si, mais la chèvre elle préfère le bouc !

☆

C'est un petit Indien qui dit à son père :

– Dis donc, papa, nous, les Indiens, on a des noms bien compliqués... Les Blancs, ils ont des noms plus simples : ils s'appellent Bill, Ted, ça va plus vite ; alors que nous, vraiment... Pourquoi ?

– Ta sœur s'appelle « Petite source qui coule le long de la montagne » car le jour où elle est née, il y avait une petite source qui coulait le long de la montagne.

– Ah oui, effectivement, je comprends...

– Et ton frère s'appelle « Grand soleil du matin qui couvre la plaine » car le jour où il est né, il y avait un grand soleil qui couvrait la plaine. Tu comprends, « Préservatif troué » ?

☆

Ça se passe au tribunal. Un nain est accusé d'avoir violé une très grande fille. D'après le procureur, l'agresseur s'est servi d'un seau. On appelle la plaignante qui confirme :

– Oui, absolument. Pour me violer, il s'est servi d'un seau.

– Je ne comprends pas très bien, dit le président. Accusé, pouvez-vous expliquer la façon dont vous avez procédé ?

– C'est très simple. Je lui ai mis le seau sur la tête et je me suis suspendu à l'anse !

☆

Ginette est allée au bal du Parquet. Elle y rencontre un jeune homme assez distingué, mais ce qu'elle ignore c'est qu'il a eu un accident à une jambe : il lui en manque la moitié, il porte donc une prothèse. À part ça, il est beau, alors Ginette est très contente et l'invite à boire un verre chez elle. Finalement, tout se passe tellement bien qu'ils vont se coucher ensemble. Ginette éteint la lumière.

Alors le gars prend la main de Ginette et lui fait :

– Il faut que je te dise... Touche, là, tu sens ? Il faut que je te le dise, j'ai un handicap...

– Un handicap ? Oh la la ! s'écrie Ginette. Un handicap ? Et en plus il est modeste, aooww !

☆

C'est une dame qui appelle son plombier :

– Vous pourriez venir voir ? Il y a la fermeture de mon bidet qui ne marche pas.

Le plombier, qui porte une barbe, se penche sur le bidet, et crac! le bidet se ferme et il se prend la barbe dans la fermeture.

– Aïe !

– Ah ! Vous voyez comme ça fait mal ?

☆

Madame Grinder prend le thé avec ses deux copines, concierges comme elle, Madame Leclerc et Madame Saillard. Soudain, un énorme gorille surgit et enlève Madame Leclerc. Madame Grinder dit alors d'un air pincé :

– Franchement, je vois pas ce qu'il lui trouve, chhh...

☆

C'est un jeune couple dont l'enfant, qui a bientôt trois ans, ne parle pas. Le docteur Jacquot les rassure :

– Écoutez !!! Je viens de l'examiner. Cet enfant n'a pas de problème de santé, il parlera un jour, soyez patients.

Le temps passe. L'enfant a maintenant cinq ans, mais il ne parle toujours pas. Les parents reviennent voir le docteur Jacquot.

– Notre petit ne parle toujours pas, docteur.

– Écoutez !!! Il est vraiment en très bonne santé. Ne vous inquiétez pas, il finira par parler un jour...

Et en effet, un jour qu'ils sont à table, le petit se met à parler :

– Ça manque de sel !

– Mon enfant chéri, mais tu parles ? Depuis quand ?

– Depuis l'âge de deux ans, comme tout le monde !

– Alors pourquoi n'as-tu jamais rien dit ?

– Parce que jusqu'ici tout était impeccable !

☆

C'est Ginette qui rentre chez elle par le métro. En face d'elle, il y a un monsieur qui a oublié de fermer sa braguette.

– Excusez-moi, lui dit-elle, oh là là, c'est difficile à dire... Vous n'êtes pas directeur d'une grande société ?

– Si... Mais comment avez-vous deviné ?

– Parce que, aow... la porte de votre bureau est restée ouverte, aooww, et votre secrétaire est debout !

☆

Deux vieux sur un banc, le soir, au bois de Boulogne... Une prostituée passe et leur dit :

– Alors, mes chéris, une petite gâterie ?

– Que... Qu'est-ce qu'elle dit ?

– Elle nous propose une petite gâterie !

– C'est quoi, ça ?

– Ça doit être une spécialité parisienne...

– Alors, une petite gâterie, mes loups ?

– Si vous voulez, madame...

– Si c'est pas trop cher...

– Ben, je vais vous faire un prix.

Et elle leur fait une petite gâterie. Les pépés sont contents, ça fait longtemps que ça ne leur était plus arrivé. À la fin, le premier dit :

– Bon, c'est moi qui paye...

– Non, non, non, je t'en prie, c'est moi...

– Non, non, laisse, c'est moi...

– Bon, allez d'accord. Mais alors... remettez-nous ça !

☆

Pour fêter la mort de son troisième mari, Madame Grinder a invité dans sa loge quelques amis à dîner :

Madame Saillard, Madame Leclerc, Maurice, le docteur Jacquot, Ginette et son fiancé Jean-Loup. Elle apporte le poulet... Ginette se précipite pour attraper son morceau préféré, le cou du poulet, mais elle tarde à le trouver. Le docteur Jacquot, qui a très faim, s'impatiente.

– Excusez-moi une seconde, aow, c'est parce que je n'aime que ce morceau-là dans le poulet, lui explique-t-elle.

Finalement, elle écarte une cuisse, puis une autre, et réussit à sortir le morceau qu'elle cherchait. Le docteur Jacquot lui fait alors :

– C'était bien la peine d'écarter les cuisses pour ne tirer qu'un cou !

☆

C'est la pauvre Madame Saillard qui va mourir. Elle appelle son mari :

– Joseph, avant de mourir, il faut que je te dise quelque chose...

– Mais enfin, mon amour, en quarante ans de mariage, tu m'as tout dit. Tu n'as plus rien à me cacher...

– Cela concerne nos douze enfants.

– Quoi, nos douze enfants ?

– Le petit dernier, Boby...

– Ça y est, j'en étais sûr, tu vas me dire que le petit dernier n'est pas de moi !

– Celui-là si, mais les autres...

☆

C'est un monsieur qui a eu un grave accident : le train lui est passé dessus. Quand il se réveille à l'hôpital, à moitié dans le cirage, le docteur Jacquot est à son chevet.

– Qu'est-ce qui m'est arrivé ?
– Écoutez, dit le docteur, c'est moi qui me suis occupé de vous. J'ai, comment dirais-je, deux nouvelles à vous annoncer... Une bonne et une mauvaise.
– Commencez par la mauvaise...
– Le train vous a sectionné les deux mains...
– Merde alors ! Et la bonne ?
– Votre voisin de lit veut vous racheter votre paire de gants !

☆

C'est Maurice qui doit aller à Marseille. Il se rend à la gare de Lyon, son train doit partir à dix-sept heures précises. Il arrive en avance et, comme il s'ennuie un peu, il s'approche d'une bascule automatique... À peine a-t-il glissé une pièce dans la fente qu'une voix sort de la machine :
– Vous vous appelez Maurice, vous pesez soixante-sept kilos et vous prenez le train de dix-sept heures.
– C'est pas possible, je rêve... Je vais remettre une pièce !
– Vous vous appelez toujours Maurice, vous pesez toujours soixante-sept kilos et vous prenez le train de dix-sept heures.
– Mais comment ils font ça ? C'est pas possible !...
Maurice va dans les toilettes et là, pour qu'on ne le reconnaisse plus, il se déguise avec ce qu'il a : des lunettes noires, une écharpe sur la tête, son col de manteau relevé. Il revient, remet un franc dans la machine :
– Vous êtes toujours Maurice, vous pesez bien soixante-sept kilos, mais, à force de faire le con, vous avez loupé le train de dix-sept heures...

☆

C'est un Belge qui dit à son copain :

– Ils se foutent du monde, dans les avions. Ils se foutent du monde ! L'autre jour, j'ai pris l'avion ; j'étais à côté d'une jeune maman avec son bébé...

L'hôtesse s'est approchée et lui a dit : « Madame, votre bébé est tout mouillé, je vais vous le changer. » Bon, eh bien quand elle l'a ramené, une fois, j'ai bien vu que c'était le même ! Faut pas déconner !

☆

Le boucher est en train de fermer son magasin quand Ginette arrive :

– Vous fermez, oh là là ! Je peux entrer cinq minutes, aow ?

– Écoutez, j'étais en train de... Bon, allez, entrez !

– Oh là là, c'est bien comme métier, j'adore les bouchers !

À ce moment-là, le boucher ferme complètement son magasin, attrape Ginette, lui saute dessus et, au moment crucial, lui dit :

– Euh... Y en a un petit peu plus, je vous le mets quand même ?

☆

Un gars se promène avec son copain qui est bègue. Ce dernier lui dit :

– Oh ! Putain, t'as vu la gongon, la gonzesse qui qui, qui qui...

– Oui, j'ai vu, elle est belle, oui je sais...

Cinq minutes après :

– Oh ! T'as vu la gon, la gon...

– Oui, oui, je l'ai vue, elle est bien roulée... répète le copain, qui en a un peu marre.

– Oh, putain ! T'as vu la la la...

– Oui ! Je l'ai vue !

– Ah, alors, pour pourquoi t'as t'as marché de-dedans ?

☆

Ginette et deux copines se retrouvent au bistrot. Elles sont un peu « cassées ». Il y en a une qui demande :

– Dis-moi Josette, comment tu fais toi pour savoir si t'as passé une bonne journée, dans l'ensemble ?

– Ben, moi j'ai un truc, si tu veux c'est vachement symbolique par rapport à moi-même, ça m'interpelle... Quand je rentre le soir, j'ouvre le placard, j'enlève mes chaussures et je les jette au hasard ! Si elles tombent pile côte à côte, pour moi cela veut dire que j'ai passé une bonne journée...

– Ah d'accord, c'est personnel, mais je comprends vachement. Et toi, Véro ?

– Moi, c'est un truc. Le soir, je rentre à la maison, j'ouvre le placard, j'enlève mon chemisier, je le jette au hasard et, s'il tombe sur le cintre, bien droit, au niveau de mon vécu ça veut dire que j'ai passé une bonne journée. Et toi, Ginette ?

– Eh bien moi, voilà. C'est un peu comme vous. Le soir, je rentre, aow, j'enlève ma culotte, aow, je la jette au plafond, et si elle reste collée, oh là là... c'est que j'ai passé une bonne journée !

☆

Quelle différence y a-t-il entre une tarte brûlée et une femme enceinte ? Il n'y en a pas : dans les deux cas, on n'a pas retiré assez vite !

☆

Le propriétaire de Maurice vient lui réclamer son dû :

– Vous me devez six mois de loyer, maintenant il y en a marre, vous déguerpissez !

– Eh, mon fils ! Vous m'offensez ! Vous me prenez pour qui ? C'est pas mon genre de partir sans payer !

☆

C'est Ginette qui est institutrice. Elle porte une minijupe si courte que de loin on dirait une ceinture ! Évidemment, à l'école il y a tous les petits garçons qui sont très intéressés. Et Ginette est obligée de sévir.

– Guigui, qu'est-ce que tu regardes ?!

– Rien, madame. Rien.

– Si, je t'ai vu. Tu me regardais les mollets. Dégueulasse, allez, fous le camp ! Je te mets à pied pendant trois jours, oh là là !

Guigui se lève et sort. Il y a alors un autre gamin qui sort derrière lui. Ginette lui fait :

– Mais, toi, je ne t'ai rien dit !

– Non, mais avec ce que j'ai vu, j'en ai au moins pour jusqu'à la rentrée !

☆

C'est le premier match d'un boxeur minable qui en prend plein les dents. Son manager ne sait plus quoi dire pour lui remonter le moral. Pour la troisième fois, le pauvre tocard va au tapis.

– Putain, qu'est-ce que je prends dans la gueule !

– C'est parce que tu n'as pas confiance en toi, c'est tout !

– J'ai pas confiance en moi, tu me fais marrer ! T'as vu un peu comme il est balèze, l'autre ?

– Il n'est pas si fort que ça. Écoute, je viens de relever une faiblesse dans sa garde : chaque fois que tu vas au tapis, il baisse les bras !...

☆

C'est la femme du Maurice qui a des soucis parce que son mari travaille trop et, en plus, il a fait de mauvaises affaires. Elle se rend chez le docteur Jacquot :

– Vous comprenez, docteur, un homme qui était si porté sur la chose... Depuis qu'il a des soucis dans les affaires, plus rien ! Vous n'auriez pas un stimulant ?

– Ecoutez, dit le docteur Jacquot, j'ai quelque chose de radical : des chaussettes.

– Des chaussettes ?

– Écouteezz ! Ce ne sont pas des chaussettes comme les autres. Ce sont des chaussettes, comment dirais-je, tricotées d'un fil spécial... C'est de la laine mercerisée de brebis afghane : elle provoque en chatouillant l'épiderme des réactions qui, passant par le grand trochanter, aboutissent à l'érection pure et simple...

– Alors je rentre chez moi, je lui dis de mettre les chaussettes et c'est bon ?

– Écoutez, vous allez voir, Madame, vous en serez ravie.

En rentrant, la femme de Maurice pose la paire de chaussettes sur le lit pour que son mari les trouve le matin en se réveillant. Le lendemain, Maurice se lève en grommelant à propos de l'argent qu'il a perdu la veille. Sa femme le surveille d'un œil. Il enfile ses chaussettes et s'en va travailler. Mais une heure après, elle le trouve dans l'escalier en train de « rouler un patin » au concierge !

– Mon Dieu ! s'écrie-t-elle. Il a mis ses chaussettes à l'envers !

☆

Cinq joyeux compagnons ont gagné une Audi Quattro et entreprennent un voyage au Sénégal. Ils partent donc ensemble, visitent le Sénégal dans leur voiture, puis décident de pousser jusqu'en Zambie.

Mais, quand ils arrivent à la frontière, un douanier les arrête :

– Où vous allez, là?

– On a traversé le Sénégal, on voudrait aller maintenant en Zambie.

– Ah non non ! Je ne vous laisse pas passer, là ! Je ne vous laisse pas passer.

– Mais pourquoi ça ?

– Attention, je comprends l'italien ! Quattro, ça veut dire quatre et vous êtes cinq dans la voiture, mmouii !

– Attendez, vous ne comprenez pas. Audi Quattro, c'est la marque de la voiture.

– Non, non, non ! Quattro, je sais ce que ça veut dire, ça veut dire quatre ! Et vous êtes cinq dans la voiture !

– Bon, est-ce qu'on pourrait parler à votre chef ?

– Il est très occupé. Il faudrait attendre une heure ou deux...

Les gars décident d'attendre. Au bout de deux heures, comme ils en ont assez, ils se présentent au bureau et frappent à la porte.

– Qu'est-ce que c'est, là ? demande le chef douanier.

– C'est nous, on a des problèmes avec l'Audi Quattro...

– Attendez ! Je suis déjà suffisamment emmerdé avec deux types dans une Fiat Uno !

☆

C'est Ginette en consultation chez l'ophtalmo... Ce dernier a déboutonné sa braguette, montre sa bistouquette à Ginette et lui dit :

– Vous voyez les petites lettres qui sont là ?

– Non, non, pas du tout...

– Bon. Alors, si vous voulez bien me donner un petit coup de main, on va essayer d'avoir la taille supérieure...

☆

C'est le chef d'une équipe de cantonniers corses qui téléphone à la préfecture :

– Voilà, j'ai dix mecs qui travaillent sous mes ordres et j'ai seulement cinq pelles, est-ce que vous pouvez m'envoyer cinq pelles supplémentaires?

– Non, on peut pas.

– Mais comment on va faire?

– Eh bien que ceux qui n'ont pas de pelle s'appuient sur un de leurs copains !

☆

C'est un chef indien qui a gagné un voyage à Paris. De retour dans son village, il réunit tous ses guerriers et leur raconte :

– Moi, avoir été voir Folies-Bergère !

– C'est bien ?

– Oui, c'est plein de squaws... Et vous ne devinerez jamais où elles mettent leurs plumes ?!!

☆

Qu'est-ce que le mariage ? Le mariage, ma fille, c'est pas la mer à boire, c'est la belle-mère à avaler !

☆

C'est le docteur Jacquot qui part en vacances ; le voilà qui tombe en panne sur le bord de l'autoroute. Il essaye de voir d'où peut provenir la panne. Tandis qu'il examine le moteur, il y a un gamin qui le regarde. Le garçon demande :

– Dites donc, c'est quoi ça, c'est une pince ? T'as deux pinces alors pour réparer ta voiture, parce que mon papa, lui aussi il a deux pinces...

– Écoutez, jeune homme, euh...

Le docteur Jacquot se sert maintenant d'un marteau. Le garçon lui dit :

– T'as deux marteaux ? Parce que mon papa aussi il a deux marteaux. Il en a un gros pour planter les gros clous, et un petit pour planter les petits clous...

Le docteur Jacquot s'énerve. Du coup il va aux toilettes. Le gosse le suit, et le regarde sans vergogne.

Alors le docteur Jacquot :

– Et ça ? Ton père aussi, il en a deux?!

– Oui, il en a une petite pour pisser... Et une grosse pour courir après la bonne !

☆

Maurice est très en forme. Il entre dans une pharmacie :

– Bonjour madame ! Je voudrais acheter des préservatifs.

– Il y en a plusieurs modèles... Nous avons les roses à cinq francs...

– Les roses, les roses... la couleur je m'en fous !

– Oui, mais quand même... On fait les verts à huit francs, et les noirs, à quatre francs.

– J'aurais bien pris les verts, mais j'ai pas assez d'argent... Bon, je vais prendre les noirs à quatre francs.

Mais il s'avère que le produit était défectueux puisque, un an après, Madame Maurice a un autre petit. Et le petit, il est noir. Et il rouspète sans arrêt :

– Papa ! Tu te rends compte, on est déjà pieds-noirs dans la famille et moi, en plus, je suis tout noir !

– Toi, ferme ta gueule, j'aurais eu quatre francs de plus : t'étais vert !!

☆

C'est l'histoire d'un Belge qui se prend pour un coq : chaque fois que sa femme rapporte des œufs à la maison, il envoie des dragées à ses amis !

☆

Ça se passe dans la jungle. Un missionnaire, le père Favier, s'est fait attraper par des cannibales. On l'a mis dans une grosse marmite, et ça commence à bouillir. Alors le père Favier fait :

– Ah là là, je le savais que je prenais des risques en venant ici... Tans pis, plus près de toi mon Dieu ! Glouglou...

– Dis donc, c'est comment ton nom ?

– Qu'est-ce que ça peut vous faire, mon nom ?

– C'est pour le marquer sur le menu !

☆

Devinette : Qu'est-ce qui pèse cinq cents kilos le matin et un gramme le soir ? C'est une femme. Parce que le matin on lui dit : « Tu te lèves, grosse vache ! » et le soir : « Tu viens te coucher, ma puce ! »

☆

Jean-Xavier et Guytou ont eu un accident avec leur petite voiture rose et se sont retrouvés dans le fossé. À ce moment, il y a deux routiers qui passent :

– Alors, les gars, vous avez eu un problème ?

– M'en parlez pas, hou-hou... fait Guytou. Figurez-vous, c'est affreux ! C'est moi qui conduisais. On était là, heureux, bien, quoi... On roulait tranquille. Il y a une mouche qui est entrée dans la voiture, je me suis affolé, j'ai lâché le volant, et « pouf ! » on a versé dans le fossé !

– Eh ben moi, les mouches, je les enfile, grogne le routier.

Les deux homos font alors :

– Oh ! Bzzz, bzzz, bzzz, bzzz...

☆

Savez-vous pourquoi les célibataires sont maigres, et pourquoi les hommes mariés sont gros ? Tout simplement parce que le célibataire, quand il rentre chez lui, il ouvre le frigo, il fait « bof », et il va se coucher. Tandis que l'homme marié, il rentre chez lui, il regarde dans le lit, il fait « bof », et il se rabat sur le frigo !

☆

Devinette : Comment détermine-t-on l'avenir d'un bébé portugais ? C'est très simple, on le lance contre un mur. S'il reste collé il sera maçon, s'il tombe il sera terrassier !

☆

Madame Grinder et Madame Saillard discutent sur le palier. Madame Saillard commence :

– Vous savez, j'ai eu de la chance... Trente ans de mariage et mon mari ne m'a jamais dit un mot plus haut que l'autre !

– Oh, le mien, il est impossible, chhh... ronchonne Madame Grinder... Ça fait trois mois qu'il ne me parle plus et ce matin il s'est décidé à me parler !

– Ah ! Eh bien voyez, tout s'arrange ! Et qu'est-ce qu'il vous a dit ?

– Ferme-la !!

☆

C'est l'histoire d'un jeune homme qui a été traumatisé par sa maman qui l'a élevé avec beaucoup d'austérité, un genre de Madame Grinder : elle a bloqué son petit garçon sur les histoires de sexe en lui racontant des horreurs, en lui disant par exemple que le sexe des femmes est très dangereux à cause de ses dents. Le petit garçon a été terrifié.

Puis un jour, il s'est marié.

Le soir des noces, sa femme lui dit :

– Tu viens, mon amour ? Qu'est-ce que tu fais ?

– Ah non, non, j'ai peur...

– Mais de quoi as-tu peur ?

– Il y a des dents dans ton truc.

– Mais qui c'est qui t'a raconté ça ?

– Je veux pas parce que ma mère m'a toujours dit qu'il y avait des dents...

– Mais viens voir toi-même, tu verras bien qu'il n'y a pas de dents !

Le type s'approche prudemment, regarde et dit :

– En effet, il n'y a pas de dents... Remarque, ça ne m'étonne pas, vu l'état des gencives !

☆

C'est un explorateur en plein cœur de la brousse, dans une forêt inextricable, et il s'aperçoit qu'il a oublié son fusil au campement de la veille. Les porteurs sont derrière lui et chantent pour se donner du courage. Il appelle le boy :

– Écoute, il va falloir que tu retournes chercher mon fusil. Regarde-moi, quand je te parle ! Écoute-moi bien : tu vas retourner où nous avons campé hier. Bon, alors tu vas rebrousser chemin, tu m'as bien compris ?

– Beuh...

– Tu vas repasser entre les deux montagnes que nous avons traversées tout à l'heure, tu vas resuivre la cascade qui mène à la rivière, tu retraverseras la forêt sur ta gauche, tu retraverseras la petite montagne rouge qu'on a passée tout à l'heure, après tu prendras à main droite sur deux cents mètres et tu arriveras au campement. Tu as bien compris où tu passes ?

– Humm... mmouii...

– Alors dis-moi où ?

– Hou !

☆

En auditrice libre, une dame va à la faculté avec son fils pour écouter un petit peu les cours de psychanalyse. Le professeur dit :

– Bien souvent, les motivations les plus internes, profondes, déterminent une mère à choisir le prénom de son enfant. Ainsi, j'ai le cas d'une dame qui était tenancière de bar, qui travaillait beaucoup à l'heure de l'apéritif, et qui a appelé son fils « Olive ». J'ai le cas d'une autre dame qui aimait beaucoup les fleurs et qui donc, inconsciemment, a baptisé sa fille « Rose »...

À ce moment-là la dame se lève et dit à son m

– Viens Popaul, on s'en va !

☆

Dans un restaurant, un client, furieux, appelle le garçon :

– Regardez ! Il y a une mouche dans mon potage !

– C'est pas grave. Il y a une araignée dans la cuillère, elle va la manger !

☆

Lors d'une réunion du K.G.B. à Moscou, le grand chef dit :

– Donnez-moi une idée pour faire sauter la Maison-Blanche avec tout le monde dedans !

– On pourrait trouver un espion qui parle très bien l'américain, avec de faux papiers américains, et puis il irait là-bas avec dix valises bourrées d'explosifs, il arriverait à la Maison-Blanche et dirait « Bonjour, monsieur Bush, vous savez ce qu'il faut... » et paf !

– Ça marchera jamais !

– Pourquoi ?

– On trouvera jamais dix valises !..

☆

Le président de la République, qui n'est pas de prime jeunesse, songe à « l'après-Mitterrand » et téléphone à Jack Lang :

– Allô ! C'est tonton. Dis donc, je suis en train de penser à après, quand je serai mort... Il faudrait peut-être me trouver une sépulture digne de moi.

– Écoutez, tonton, j'avais pensé au Panthéon...

– Non, il y a trop de monde. J'ai horreur des dortoirs ! Il faut me trouver quelque chose de spacieux...

– Peut-être les Invalides...

– Oh, non, il y a Napoléon. Je n'aime pas trop le contact avec les militaires...

Jack Lang réfléchit et, trois jours après, il rappelle le Président.

– Je crois que j'ai une bonne idée : le tombeau de Jésus-Christ !

– C'est pas mal... C'est pas mal !

– J'ai téléphoné à Jérusalem. Ils sont d'accord. Le problème c'est que ça coûte cher... Ça coûte un million de dollars !

– Alors là, non ! C'est trop cher. Pour trois jours...

☆

C'est Ginette qui fait du stop pour aller à un concert de rock. Un type s'arrête.

– Vous allez où ?

– À la Ferté-Ozoir.

– D'accord, je vous emmène.

– Vous faites quoi, comme boulot ? demande Ginette.

– Je suis devin. Je lis l'avenir... Je regarde une personne et je vois tout.

– Oh là là ! Ça gagne bien ?

– Ça gagne vachement... Quand les gens viennent me consulter, je leur prends quatre cents francs...

– Oh là là, c'est génial ! Mais comment fait-on pour devenir devin ? C'est un don ?

– Non, non, c'est pas un don. Ce sont des devins qui m'ont intronisé, il y a une cérémonie...

– Ça m'intéresse, aooww ! Je pourrais pas devenir devine ?

– Mais si, si vous voulez. Il y a la cérémonie...

– Vous ne pouvez pas me la faire, aow ? Allez, soyez chic...

– D'accord. Alors on va s'arrêter dans le bois, là-bas, car vous savez, les devins, c'est secret...

Le type fait descendre Ginette et lui dit :

– Je dois vous attacher à un arbre pour que votre corps soit en communion avec la sève...

Ginette est d'accord. Le gars l'attache donc à un arbre et brutalement passe derrière, baisse son pantalon... Ginette s'écrie :

– Ah non ! Oh là là, non ! Je devine ce que vous allez faire, aoowww !

– Ah ! Vous voyez que ça vient !

☆

Eugène et Fernande Poulossière, braves paysans du Maine-et-Loire, possèdent le meilleur bouc de toute la région. Un bouc si vaillant qu'un jour le maire va voir les Poulossière :

– Écoute, l'Eugène, j'ai une idée : on pourrait mettre le bouc à la mairie, on ferait payer la saillie cent francs pièce, et la mairie te donnerait un pourcentage...

– Ben, pourquoi pas ! Parce que ce bouc, cré bon gu, il est capable de se faire toutes les chèvres du canton ! Il est infatigable, infatigable, ce bestiau-là !

Ils transportent donc le bouc, l'attachent devant la mairie et, un instant après, un paysan arrive avec sa chèvre. Le bouc ne bronche pas.

– Ben alors, mon coco, vas-y cré bou diou ! Toi qu'es si gaillard d'habitude ! Alors, vas-y, qu'est-ce que t'attends, sacré nom !

Et le bouc lui répond :

– Parce que tu crois que je vais me casser le cul maintenant que je suis fonctionnaire !

☆

Un monsieur se présente chez le docteur Jacquot, 12, rue de l'Abbé-Achevé, dans un état déplorable. Il est couvert de pansements...

– Écoutez !! Mais enfin, qu'est-ce qui vous est arrivé ?! lui demande le docteur.

– Vous pouvez pas savoir ! C'est un vélo qui m'a renversé !

– C'est un vélo qui vous a mis dans cet état-là ?

– C'est pas ça... Le vélo m'a renversé, j'ai voulu me relever et il y a le tracteur qui m'est passé dessus.

– C'est affreux !

– Oui, et quand j'ai voulu me relever après le tracteur, j'ai reçu un autobus en pleine poire. Et comme je tentais une nouvelle fois de me relever, c'est un Boeing 737 qui m'a percuté. Et, au moment où j'essayais de me sortir de ce merdier, c'est une soucoupe volante qui m'a attrapé par-derrière...

– Écoutez, écoutezzz !!! dit le docteur Jacquot. Le vélo, la soucoupe : vous vous foutez de ma gueule ?

– Non, pas du tout. Et heureusement qu'il y avait un forain qui a arrêté le manège...

☆

C'est une Ginette d'une vingtaine d'années qui va se marier. Sa grand-mère lui tricote un trousseau. Elle est contente, elle dit à sa voisine :

– Vous savez, Madame Leclerc, ma petite-fille va se marier avec un jeune homme très bien. Il est dans l'Administration, et son frère ne fait rien non plus...

Et il y a le petit frère de Ginette, Guigui, qui n'arrête pas d'embêter la grand-mère :

– Mémé, qu'est-ce que c'est un mariage ? Tout le monde dit que ma sœur va se marier, mais qu'est-ce que c'est un mariage ? Qu'est-ce qui se passe quand tu es en « mariage » ?

– Pour ça, tu es trop petit. Laisse-moi tranquille, tu vas me faire rater mon point de crochet !

Le petit insiste. Énervée, la grand-mère lui met une fessée. Alors le soir du mariage, quand Ginette sort de l'église au bras de Jean-Loup, son petit frère s'approche et lui fait :

– Ginette, tu sais ce que c'est le mariage ?

– Non, fait-elle en souriant.

– Tu sais pas ? Ben putain, attention à ton cul !

☆

Un monsieur qui tient un café veut partir en vacances. Pendant les mois de juillet et août, il se fait donc remplacer par un copain. Il lui dit :

– Bon, t'inquiète pas. Dans mon bistrot, j'ai toujours le même type de clientèle, j'ai des sourds-muets. Ils ne boivent que du pastis. Alors je vais t'expliquer : quand ils veulent un pastis, ils tapent dans la main une fois et quand ils veulent payer ils tapent dans la main deux fois.

– D'accord, pars en vacances tranquille...

Le lendemain, le copain ouvre le bar. Effectivement, il y a tout un car de sourds-muets qui arrive. Ils se mettent autour du comptoir et tapent une fois dans leurs mains. Le gars leur sert un pastis et, à la fin, les clients tapent deux fois. Il présente l'addition. Et ceci durant toute la journée... Mais à un moment, ils se mettent tous à claquer des lèvres en faisant bop ! bop ! Le gars ne sait pas quoi faire... Il téléphone à son copain :

– Je comprends pas ce que ça veut dire : ils font tous bop, bop, bop ! avec la bouche...

– T'inquiète pas, c'est pas grave ! Là, ils sont bourrés, ils chantent !!

☆

C'est un type complètement ivre au volant de sa voiture. À un feu rouge, un C.R.S. lui demande :

– Monsieur, vous n'avez pas honte ?

– Euh, euh...

– Vous savez que l'alcool tue deux Français sur cinq ?

– Euh... je m'en fous, je suis belge !

☆

C'est Maurice qui fait venir son fils dans son bureau :

– Écoute, mon fils, y en a marre. Je te le dis maintenant, mon fils, il y en a marre ! C'est vrai, tu as voulu faire des études, tu as tout fait, tout réussi ! Tu as voulu faire la Sorbonne, tu as été premier ! HEC : premier ! Harvard : premier ! L'ENA : tu as été premier partout et tu as tout fait ! Il est temps que tu choisisses !

– Oui, papa.

– Alors, confection Hommes ou confection Femmes ?

☆

C'est Maurice qui entre chez un joaillier :

– Je voudrais faire un cadeau, explique-t-il ; quelque chose de charmant, c'est pour une dame ; alors ?

– C'est pour votre femme, ou vous voulez quelque chose de plus cher ?

☆

C'est un jeune homme très bien, fiancé, et complètement catho. Il va se confesser régulièrement auprès du père Favier.

– Écoutez, mon père, voilà ce qui m'amène. Je suis fiancé avec une jeune fille très bien, j'ai respecté nos fiançailles : je ne l'ai jamais touchée, elle ne m'a jamais touché, et c'est pourquoi je ne comprends pas : hier elle m'a annoncé qu'elle était enceinte...

– Vous me plongez dans l'embarras, mon fils. Mais, vous savez, les voies du Seigneur sont impénétrables... Il s'agit peut-être d'un miracle ?

– Je n'y crois pas trop... Vous n'avez pas une autre explication ?

– Alors, mon fils, supposez que vous alliez à la chasse, que votre fusil ne soit pas chargé, qu'à ce moment-là vous entendiez « pan » et qu'un lièvre tombe raide mort devant vous. Qu'est-ce que cela voudrait dire ?...

– Je ne sais pas, je ne vois pas...

– Eh bien, cela voudrait dire que quelqu'un a tiré un coup à votre place !

☆

C'est Jean-Xavier qui raconte à Guytou :

– Oh, il m'est arrivé un truc, minou, tu ne peux pas savoir !

– Je t'écoute, minou.

– Hier, pour la première fois, j'avais rendez-vous avec une femme.

– Tu l'as baisée ?

– Oui. J'y suis pas allé !

☆

Ginette et Josiane se rencontrent par hasard dans un café :

– Ah là là, Josiane ! Y a longtemps que je ne t'ai plus vue, aow !

– Oh Ginette, c'est toi ! Qu'est-ce que tu deviens ?

– J'ai trouvé un super job. Comment t'expliquer ? C'est un boulot de contact, de relations publiques, si tu veux, avec le patron qui est un mec super branché. Oh là là, j'te dis pas ! Figure-toi que, le soir, comme on doit rencontrer des gens, il m'emmène au restaurant. Des fois on va au théâtre, et même en boîte parce que les clients... Et, après, il me ramène chez moi, ou ce sont les clients... Et toi, qu'est-ce que tu deviens ?

– Moi ? Je fais la pute, comme toi...

☆

C'est Jean-Loup qui drague Ginette.

– Un de ces jours, il faut que je vous emmène faire un petit tour dans ma tire, qu'on aille faire une virée à la campagne...

– Je veux bien, mais vous savez... J'ai un problème, généralement, les garçons ça les bloque, aow !

– Quoi, quoi, ta-ta ?

– Je suis toute petite, aow !

– Vous n'êtes pas si petite que ça !

– Oh là là si ! Si ! Vous allez voir.

Elle sort de derrière le comptoir et, effectivement, Jean-Loup est surpris de voir Ginette si petite, surtout que lui est plutôt du genre baraqué. Mais, comme elle est très mignonne, il l'emmène quand même à la campagne. Ils déjeunent dans une auberge et ensuite il lui prend l'envie de lui faire le coup de la panne. Il arrête la voiture près d'un champ et là se demande comment il va faire avec une fille si petite. « Je vais l'accrocher dans un arbre », se dit-il. Il l'attrape par les épaules, l'accroche à un arbre et « crac, boum, hue ! ». À la fin, il la décroche, il la remet dans la voiture et la raccompagne.

La petite Ginette se met alors à pleurer. Jean-Loup se dit qu'il a dû être dégueulasse, il s'en veut, il sort un mouchoir de la boîte à gants et dit à Ginette :

– Mouchez-vous, ma petite, mouchez votre petit nez là-dedans. Excusez-moi, je reconnais que je me suis conduit comme un salaud...

– Oh la la, mais non, pas du tout. C'est pas pour ça que je pleure, aowww !!!

– Pourquoi vous pleurez, alors ?

– Parce que vous êtes le premier qui n'oublie pas de me décrocher après !

☆

Ça se passe en Afrique, dans un petit pays dont on n'entend pas beaucoup parler. Un jour, il s'y produit un coup d'État. Le nouveau président doit nommer ses ministres. Il les a tous, sauf un : celui des Affaires étrangères. « Qui je pourrais prendre ? Un ministre des Affaires étrangères, c'est important ! Il me faut quelqu'un de représentatif... », songe le président. Apercevant un homme qui balaie, il lui fait :

– Viens voir là, toi !

– Bonjour, Monsieur le président...

– Bon. Veux-tu être ministre ?

– Mmoouii... Je veux bien pour moi-même, je veux bien ! Qu'est-ce qu'il faut faire ?

– Rien, rien du tout. Moi je parle, et toi tu portes la parole.

– Ah, d'accord...

– Tu vas à l'étranger, tu portes la parole. Par exemple, je dis « Bonjour Mitterrand », tu prends l'avion, tu vas en France, tu dis « Bonjour Mitterrand ». Tu comprends ?

– Mmouii. Je comprends.

– Très bien.

On lui donne un beau costume. Le président lui demande ensuite justement d'aller dire bonjour de sa part à Mitterrand. Alors le tout récent ministre prend l'avion. Le steward vient le voir :

– Vous désirez boire quelque chose, Monsieur le ministre ?

– Oui, un whisky pour moi-même, un whisky.

– Un whisky comment ?

– Un whisky, s'il vous plaît, Monsieur le steward.

☆

Le mari de la pauvre Madame Grinder vient de mourir. Il est là, étendu sur le lit dans la chambre, avec des bougies autour... À cette époque, Madame Grinder a une bonne espagnole qui lui dit :

– En attendant que les invités arrivent, je vais faire la toilette du mort...

– Arrêtez de dire « le mort » ! je vous assure, chchch, c'est pas élégant, c'est épouvantable, trouvez un autre mot !

– Je dis ce mot parce que monsieur... il est mort !

– Dites autre chose, chch, je ne le supporte pas. Ne dites pas « le mort ». Dites « monsieur ».

– Bon, très bien... je vais faire la toilette de monsieur.

À ce moment-là, les employés des pompes funèbres arrivent et Maria-Dolorès appelle alors sa maîtresse :

– Madame ! Ce sont les croque-monsieur...

☆

Ginette revient d'un voyage aux États-Unis et va montrer les photos qu'elle a prises là-bas à sa grand-mère. Celle-ci est un peu sourde.

– Alors, comment c'était, les États-Unis ? lui demande-t-elle.

– Oh la la ! C'était super, je t'assure, aow ! Tiens regarde, par exemple, il y a des oranges, des ananas énormes, gros comme ça ! Et des bananes gigantesques comme ça !

– Oui, bon, ça c'est pas mal, mais est-ce qu'au moins ce jeune homme a une bonne situation ?

☆

Ginette est dans le métro. Il n'y a plus de place assise. Elle s'approche d'un monsieur et lui dit :

– Ne pourriez-vous pas me laisser votre place, aow ?

– Et pourquoi je vous laisserais ma place ?

– Oh là là ! Comment, vous ne laisseriez pas votre place à une femme enceinte ?

– Pardon, excusez-moi, j'avais pas vu...

Le monsieur se lève et regarde Ginette plus attentivement :

– Ça fait longtemps que vous êtes enceinte ?

– Non, ça fait cinq minutes et j'en ai encore les jambes coupées !

☆

C'est un monsieur un peu rustre qui se rend aux toilettes d'un restaurant. Il s'est trompé, il est allé dans les toilettes des dames. Quand il sort, il y a une dame qui lui dit :

– Mais enfin, voyons ! C'est pour les dames !

Le type ouvre sa braguette, et lui fait :

– Et ça, c'est pour qui ?

☆

Un monsieur très prétentieux arrive à la poste :

– Bonjour mademoiselle, je voudrais envoyer un télégramme de félicitations à ma mère...

– À quelle occasion ?

– C'est mon anniversaire.

☆

Dans un petit village du Sud marocain, Mokhtar, un éleveur de poulets, est très content. Ses poulets sont toute sa joie de vivre. Mais un matin, il s'aperçoit qu'on lui en a volé un.

– Si je trouve celui qui m'a volé ce poulet, je le tue ! crie Mokhtar.

Il cherche partout... Il va sur la plage et il y trouve Mohamed qui dort au milieu d'un tas de plumes. Il braque son fusil sur lui et s'exclame :

– Tu m'as volé ma poule, je te tue !

– J'ai rien volé, j'ai rien volé !

– Comment, t'as rien volé ? Qu'est-ce que c'est que ça ?!

– J'étais là, tranquille, je bronzais... La poule est arrivée, elle a dit : « Bon, je vais me baigner, et toi tu gardes mes affaires ! »

☆

Madame Grinder et Madame Saillard sont en train de discuter. Madame Saillard parle de son mari :

– Vous savez, chaque fois que je le trompe – parce que ça m'arrive encore à mon âge... –, je mets un haricot dans une boîte.

– Ah bon ? Et il dit rien ?

– Oh si ! Il commence à en avoir marre de manger du cassoulet, toujours du cassoulet, encore du cassoulet...

☆

C'est un Belge qui mange un hot dog au bar. Au bout d'un moment, furieux, il appelle le garçon :

– Dites donc, une fois, ça fait une heure que je mange mon hot dog, et je n'ai pas encore rencontré la saucisse !

– Faites voir... Mordez une bouchée de plus, je suis sûr qu'elle est là.

– Non, il n'y a rien.

– Alors c'est que vous l'avez dépassée !

☆

Madame Grinder vit seule avec son perroquet. Ce qu'elle ne sait pas, c'est que son perroquet est une femelle. Et, à la saison des amours, le perroquet se met à tourner dans sa cage en émettant des sons bizarres. Ne sachant que faire, Madame Grinder amène son perroquet au vétérinaire :

– Regardez mon perroquet, il tourne sur lui-même. Qu'est-ce qu'il a ?

– Écoutez, c'est une femelle et elle est simplement en chaleur. Il lui faudrait un mâle.

– Ça alors, une femelle, pauvre cocotte !

Elle se rend quai de la Mégisserie et demande à une vendeuse :

– Est-ce que vous auriez un perroquet mâle pour ma femelle ?

– En ce moment, on n'a plus grand-chose... Ce que je peux faire, c'est vous donner un hibou parce que les hiboux sont des oiseaux très portés sur la chose et ils ne sont pas regardants...

– Donnez-moi donc un hibou, on ne sait jamais...

Elle prend le hibou, le met dans la cage avec le perroquet femelle ; le hibou commence à tourner autour de « cocotte » en faisant « hou, hou ! ». Cela dure depuis trois jours et Madame Grinder commence à en avoir vraiment assez. Alors elle dit à l'oiseau :

– Où, où, où !?! Au cul, comme tout le monde !

☆

Un Noir entre dans une église pour prier. Il s'adresse à Dieu :

– Seigneur, je ne suis pas content après toi, mmouii !

Dieu lui répond :

– Quoi, qu'est-ce qu'il y a ?

– Pourquoi m'as-tu fait différent ? Hein ? Pourquoi ai-je les cheveux crépus ?!

– C'est pour que, quand tu cours dans la jungle, tes cheveux ne se prennent pas dans les branches des arbres. Si tu étais poursuivi par un lion par exemple, tes cheveux ne se prendraient pas, comme ceux des Blancs, dans les branches des arbres, hein ?

– Oui, mmouii, très bien, admettons. Mais pourquoi m'as-tu fait la peau noire, pour moi-même ?

– C'est parce que la nuit, dans la jungle, si un lion te cherche, comme tu es noir il ne te voit pas !

– Ouais, et pourquoi tu me racontes ça à moi ? La jungle, la jungle ! Je suis né à Brie-sur-Marne !

☆

L'histoire se passe à la fin de la guerre, lors du repli des troupes allemandes. Les Allemands sont dans le Poitou et deux officiers allemands entrent dans une ferme pour chercher à manger. Le brave Poulossière est à table.

– Schnell ! Raus ! lui hurlent les Allemands.

– Cré bou diou, les... les Allemands !

– Schnell, à manger ! Trouvez-nous à manger !

Le brave Poulossière, qui n'a plus grand-chose, leur trouve une terrine, prépare une omelette et leur sert du vin rouge. Les Allemands se restaurent. Ensuite, il y en a un qui dit :

– Maintenant, trouve-nous des femmes ! Ou alors tu vas mourir !

– Mais vous rigolez, crénom, y en a pas ! Il n'y a que ma grand-mère... Quand même, la pauvre vieille, elle a quatre-vingt-onze ans, vous n'allez quand même pas violer ma grand-mère !

La grand-mère entre justement dans la cuisine :

– Et de quoi tu te mêles ?

☆

Ginette et Josy discutent dans un café. C'est Ginette qui commence :

– Qu'est-ce que tu penses, toi, du travail des femmes, aow ? Parce que moi je pense que c'est vachement normal, elles ont droit d'en chier comme les mecs... Et puis toutes les femmes ont toujours travaillé. Tiens, regarde la mère de Jésus, Marie, elle travaillait...

– Arrête tes conneries, elle travaillait pas.

– Mais si, elle travaillait. La preuve : elle mettait tout le temps son gosse à la crèche, aoww !

☆

C'est un exemple de muflerie involontaire, comme on en commet parfois sans s'en rendre compte. Il paraît, par exemple, que Jean Nohain, en voulant faire un compliment à une dame, lui avait dit : « Chère madame, vous êtes fraîche comme une rose de vingt ans ! » et, quand on pense à l'allure d'une rose après vingt ans, on se rend compte de la bourde ! Donc, voici l'histoire : C'est un routier qui prend une dame en stop et lui dit, croyant lui faire plaisir :

– Allez, montez ma brave dame. Moi je suis pas comme ces grossiers qui ne prennent que les jolies femmes !

☆

C'est Maurice qui mange au restaurant. D'abord, il a attendu une heure pour les entrées et tout ce qu'on lui a servi est complètement dégueulasse. Il est furieux. Il appelle le garçon :

– Garçon, venez voir un peu là.

– Oui, qu'y a-t-il, monsieur ?

– Écoutez : votre blanquette de veau, vous direz au chef qu'il se la mette quelque part !

– C'est impossible, monsieur. Parce qu'à cet endroit-là il a déjà une quiche lorraine et une sole meunière !

☆

Deux copains font la bringue toute la nuit. À cinq heures du matin, ils sont complètement jetés. Il y en a un qui dit :

– Eh, t'as... t'as jamais, vu... vu, chez moi, comme c'est chouette chez moi ?

– Ben, non...

– Viens, je vais te faire, v-voir... On va aller chez moi.

Il emmène son copain chez lui et lui fait visiter :

– Tu vois, ça, ça, c'est le salon. C'est bien, hein ? Moderne, hein ? Et tu peux visiter... Là, il y a les chambres, là il y a la cuisine... Moi, je vais au frigo voir s'il reste un truc à boire...

L'autre visite et revient après quelques minutes.

– Dis donc, c'est, ta, ta chambre à coucher, ça ?

– Ben, ouais...

– Je te dis ça, parce que... la gonzesse qui est dedans, c'est ta femme ?

– Ben, ouais...

– Eh ! elle est pas toute seule... y a un mec qui est couché avec elle.

– Chut !... Il me reste que deux bières !...

Littérature extrait du catalogue

Cette collection est d'abord marquée par sa diversité : classiques, grands romans contemporains, témoignages. A chacun son livre, à chacun son plaisir : Henri Troyat, Bernard Clavel, Guy des Cars, Frison-Roche, Djian, Belletto mais aussi des écrivains étrangers tels que Virginia Andrews, Nina Berberova, Colleen McCullough ou Konsalik.

Les classiques tels que Stendhal, Maupassant, Flaubert, Zola, Balzac, etc. sont publiés en texte intégral au prix le plus bas de toute l'édition. Chaque volume est complété par un cahier illustré sur la vie et l'œuvre de l'auteur.

ADLER Philippe
Bonjour la galère ! 1868/**2**
Les amies de ma femme 2439/**3**
Graine de tendresse 2911/**3**
Qu'est-ce qu'elles me trouvent ? 3117/**3**

AGACINSKI Sophie
La tête en l'air 3046/**5**

AMADOU Jean
La belle anglaise 2684/**4**

AMADOU - COLLARO - ROUCAS
Le Bêbête show 2824/**5** & 2825/**5** Illustrés

AMIEL Joseph
Le promoteur 3215/**9**

ANDERSEN Christopher
Citizen Jane 3338/**7**

ANDERSON Peggy
Hôpital des enfants 3081/**7**

ANDREWS Virginia C.

Fleurs captives :
- **Fleurs captives** 1165/**4**
- **Pétales au vent** 1237/**4**
- **Bouquet d'épines** 1350/**4**
- **Les racines du passé** 1818/**4**
- **Le jardin des ombres** 2526/**4**

La saga de Heaven :
- **Les enfants des collines** 2727/**5**
- **L'ange de la nuit** 2870/**5**
- **Cœurs maudits** 2971/**5**
- **Un visage du paradis** 3119/**5**
- **Le labyrinthe des songes** 3234/**6**

Ma douce Audrina 1578/**4**
Aurore 3464/**5**

APOLLINAIRE Guillaume
Les onze mille verges 704/**1**
Les exploits d'un jeune don Juan 875/**1**

ARCHER Jeffrey
Le pouvoir et la gloire (Kane et Abel) 2109/**7**
Faut-il le dire à la Présidente ? 2376/**4**

ARSAN Emmanuelle
Les débuts dans la vie 2867/**3**
Chargée de mission 3427/**3**

ATTANÉ Chantal
Le propre du bouc 3337/**2**

ATWOOD Margaret
La servante écarlate 2781/**4**
Œil-de-chat 3063/**8**

AVRIL Nicole
Monsieur de Lyon 1049/**3**
La disgrâce 1344/**3**
Jeanne 1879/**3**
L'été de la Saint-Valentin 2038/**2**
La première alliance 2168/**3**
Sur la peau du Diable 2707/**4**
Dans les jardins de mon père 3000/**3**

BACH Richard
Jonathan Livingston le goéland 1562/**1** Illustré
Illusions/Le Messie récalcitrant 2111/**2**
Un pont sur l'infini 2270/**4**
Un cadeau du ciel 3079/**3**

BAILLY Othilie	**L'enfant dans le placard** 3029/**2**
BALZAC Honoré de	**Le père Goriot** 1988/**2**
BANCQUART Marie-Claire	**Photos de famille** 3015/**3**
BAPTISTE-MARREY	**Les papiers de Walter Jonas** 3441/**9**
BARBELIVIEN Didier	**Rouge cabriolet** 3299/**2**
BARRIE James M.	**Peter Pan** 3174/**2**
BAUDELAIRE Charles	**Les Fleurs du mal** 1939/**2**
BÉARN Myriam et Gaston de	Gaston Phébus :
	1 - Le lion des Pyrénées 2772/**6**
	2 - Les créneaux de feu 2773/**6**
	3 - Landry des Bandouliers 2774/**5**
BEART Guy	**L'espérance folle** 2695/**5**
BELLEMARE Pierre	**Les dossiers d'Interpol** 2844/**4** & 2845/**4**
BELLEMARE P. et ANTOINE J.	**Les dossiers extraordinaires** 2820/**4** & 2821/**4**
BELLETTO René	**Le revenant** 2841/**5**
	Sur la terre comme au ciel 2943/**5**
	La machine 3080/**6**
	L'Enfer 3150/**5**
BELLONCI Maria	**Renaissance privée** 2637/**6** Inédit
BENZONI Juliette	Le Gerfaut des Brumes :
	- Le Gerfaut 2206/**6**
	- Haute Savane 2209/**5**
BERBEROVA Nina	**Le laquais et la putain** 2850/**2**
	Astachev à Paris 2941/**2**
	La résurrection de Mozart 3064/**1**
	C'est moi qui souligne 3190/**8**
	L'accompagnatrice 3362/**4**
	De cape et de larmes 3426/**1**
BERG Jean de	**L'image** 1686/**1**
BERGER Thomas	**Little Big Man** 3281/**8**
BERTRAND Jacques A.	**Tristesse de la Balance...** 2711/**1**
BEYALA Calixthe	**C'est le soleil qui m'a brûlée** 2512/**2**
BISIAUX M. et JAJOLET C.	**Chat plume (60 écrivains...)** 2545/**5**
BLAKE Michael	**Danse avec les loups** 2958/**4**
BOGGIO Philippe	**Coluche** 3268/**7**
BORGEN Johan	**Lillelord** 3082/**7**
BORY Jean-Louis	**Mon village à l'heure allemande** 81/**4**
BOULET Marc	**Dans la peau d'un Chinois** 2789/**7** Illustré
BRAVO Christine	**Avenida B.** 3044/**3**
	Les petites bêtes 3104/**2**
BROOKS Terry	**Hook** 3298/**4**
BRUNELIN André	**Gabin** 2680/**5** & 2681/**5**
BURON Nicole de	**Les saintes chéries** 248/**3**
	Vas-y maman 1031/**2**
	Dix-jours-de-rêve 1481/**3**
	Qui c'est, ce garçon ? 2043/**3**
	C'est quoi, ce petit boulot ? 2880/**4**
	Où sont mes lunettes ? 3297/**4**
CARDELLA Lara	**Je voulais des pantalons** 2968/**2**
CARREL Dany	**L'Annamite** 3459/**7**

CLAVEL Bernard
Le tonnerre de Dieu 290/**1**
Le voyage du père 300/**1**
L'Espagnol 309/**4**
Malataverne 324/**1**
L'hercule sur la place 333/**3**
Le tambour du bief 457/**2**
Le massacre des innocents 474/**2**
L'espion aux yeux verts 499/**3**
La grande patience :
1 - La maison des autres 522/**4**
2 - Celui qui voulait voir la mer 523/**4**
3 - Le cœur des vivants 524/**4**
4 - Les fruits de l'hiver 525/**4**
Le Seigneur du Fleuve 590/**3**
Pirates du Rhône 658/**2**
Le silence des armes 742/**3**
Tiennot 1099/**2**
Les colonnes du ciel :
1 - La saison des loups 1235/**3**
2 - La lumière du lac 1306/**4**
3 - La femme de guerre 1356/**3**
4 - Marie Bon Pain 1422/**3**
5 - Compagnons du Nouveau-Monde 1503/**3**
Terres de mémoire 1729/**2**
Qui êtes-vous ? 1895/**2**
Le Royaume du Nord :
- Harricana 2153/**4**
- L'Or de la terre 2328/**4**
- Miséréré 2540/**4**
- Amarok 2764/**3**
- L'angélus du soir 2982/**3**
- Maudits sauvages 3170/**4**
Quand j'étais capitaine 3423/**3**

CLOSTERMANN Pierre	**Le Grand Cirque** 2710/**5**
COCTEAU Jean	**Orphée** 2172/**2**
COLETTE	**Le blé en herbe** 2/**1**
COLLARD Cyril	**Les nuits fauves** 2993/**3**
COLOMBANI M.-F.	**Donne-moi la main, on traverse** 2881/**3**
	Derniers désirs 3460/**2**
CONNELL Evan S.	**Mr. et Mrs. Bridge** 3041/**8**
CONROY Pat	**Le Prince des marées** 2641/**5** & 2642/**5**
	Le Grand Santini 3155/**8**
COOPER Fenimore J.	**Le dernier des Mohicans** 2990/**5**
COOPER Mary Ann	**Côte Ouest** 3086/**4**
CORMAN Avery	**Kramer contre Kramer** 1044/**3**
	50 bougies et tout recommence 2754/**3**
COUSTEAU Commandant	**Nos amies les baleines** 2853/**7** Illustré
	Les dauphins et la liberté 2854/**7** Illustré
	Un trésor englouti 2967/**7** Illustré
	Compagnons de plongée 3031/**7** Illustré
DAUDET Alphonse	**Tartarin de Tarascon** 34/**1**
	Lettres de mon moulin 844/**1**
	Le Petit Chose 3339/**3**
DAVENAT Colette	**Le soleil d'Amérique** 2726/**6**
DERLICH Didier	**Intuitions** 3334/**4**
DHÔTEL André	**Le pays où l'on n'arrive jamais** 61/**2**
DICKENS Charles	**Espoirs et passions** 2643/**5**
	Oliver Twist 3442/**9**
DICKEY James	**Délivrance** 531/**3**
DIDEROT Denis	**Jacques le fataliste** 2023/**3**
DIWO Jean	**Au temps où la joconde parlait** 3443/**7**
DJIAN Philippe	**37°2 le matin** 1951/**4**
	Bleu comme l'enfer 1971/**4**
	Zone érogène 2062/**4**

3230

Achevé d'imprimer en Europe (France)
par Brodard et Taupin à La Flèche (Sarthe)
le 5 mai 1993. 1917H-5
Dépôt légal mai 1993. ISBN 2-277-23230-0
1er dépôt légal dans la collection : mai 1992

Éditions J'ai lu
27, rue Cassette, 75006 Paris
Diffusion France et étranger : Flammarion